'우리가 정말 알아야 할 우리 고전' 기획 위원

고운기 | 한양대학교 국문학과와 연세대학교 대학원을 졸업했다.
　　　　현재 연세대학교 국학연구원 연구교수이다.
김성재 | 숙명여자대학교 국문학과를 졸업하고 같은 대학원을 수료했다.
　　　　고전을 현대어로 옮기는 일에 관심을 갖고 꾸준히 작업하고 있다.
김　영 | 연세대학교 국어국문학과와 같은 대학원을 졸업했다.
　　　　현재 인하대학교 국어교육과 교수이다.
김현양 | 연세대학교 국어국문학과와 같은 대학원을 졸업했다.
　　　　현재 명지대학교 방목기초교육대학 교수이다.

우리가 정말 알아야 할 우리 고전
기재기이

펴낸곳 / (주)현암사
펴낸이 / 조근태
원작 / 신광한
글 / 이대형
그림 / 한유민

주간 / 형난옥
편집 / 서현미
디자인 / 조윤정
제작 / 신용직
마케팅 / 김경희

초판 발행 / 2007년 6월 30일
등록일 / 1951년 12월 24일 · 10-126

주소 / 서울 마포구 아현3동 627-5 · 우편번호 121-862
전화번호 / 365-5051~6 · 팩스 / 313-2729
e-mail / 1318@hyeonamsa.com
홈페이지 / www.hyeonamsa.com

글 ⓒ 이대형 2007
그림 ⓒ 한유민 2007

ISBN 978-89-323-1447-1 03810

우리가 정말 알아야 할 우리 고전

기재기이

우리가 정말 알아야 할 우리 고전

기재기이

원작 ─ 신광한   글 ─ 이대형   그림 ─ 한유민

ᄒ 현암사

우리 고전 읽기의 즐거움

문학 작품은 사회와 삶과 가치관을 총체적으로 담고 있는 문화의 창고이다. 때로는 이야기로, 때로는 노래로, 혹은 다른 형식으로 갖가지 삶의 모습과 다양한 가치를 전해 주며, 읽는 이에게 기쁨과 위안을 주는 것이 문학의 힘이다.

고전 문학 작품은 우선 시기적으로 오래된 작품을 말한다. 그러므로 낡은 이야기일 수 있다. 그러나 그 속에 담긴 가치와 의미는 결코 낡은 것이 아니다. 시대가 바뀌고 독자가 달라져도 고전이라는 이름으로 여전히 많은 사람에게 읽히는 작품 속에는 인간 삶의 본질을 꿰뚫는 근본적인 가치가 담겨 있다. 그것은 시대에 따라 퇴색되거나 민족이 다르다고 하여 외면될 수 있는 일시적이고 지역적인 것이 아니다. 시대와 민족의 벽을 넘어 사람이면 누구나 공감할 수 있는 보편적이고 세계적인 것이다. 그렇기 때문에 우리가 톨스토이나 셰익스피어 작품에서 감동을 받고, 심청전을 각색한 오페라가 미국 무대에서 갈채를 받을 수도 있다.

우리 고전은 당연히 우리 민족이 살아온 삶의 궤적을 담고 있다. 그 속에 우리의 지난 역사가 있고 생활이 있고 문화와 가치관이 있다. 타인에게 관대하고 자신에게 엄격한 공동체 의식, 선비 문화 속에 녹아 있던 자연 친화 의식, 강자에게 비굴하지 않고 고난에 굴복하지 않는 당당하고 끈질긴 생명력, 고달픈 삶을 해학으로 풀어내며 서러운 약자에게는 아름다운 결말을 만들어 주는 넉넉함……

사람과 사람, 사람과 자연의 '어울림'을 중요하게 생각했던 우리의 가치관은 생활 속에 그대로 녹아서 문학 작품에 표현되었다. 우리 고전 문학 작품에는 역사가 기록하지 않은 서민의 일상이 사실적으로 전개되며 우리의 토속 문화와 생활, 언어, 습속이 구체적으로 드러난다. 작품 속 인물들이 사는 방식, 그들이 구사하는 말, 그들의 생활 도구와 의식주 모든 것이 우리의 피 속에 지금도 녹아 흐르고 있음이 분명하지만 우리 의식에서는 이미 잊힌 것들이다.

그것은 분명 우리 것이되 우리에게 낯설다. 고전을 읽음으로써 우리는 일상에서 벗어나 그 낯선 세계를 체험하는 기쁨을 얻게 된다. 몰랐던 것을 새롭게 아는 것이 아니라 잊었던 것을 되찾는 신선함이다. 처음 가는 장소에서 언젠가 본 듯한 느낌을 받을 때의 그 어리둥절한 생소함, 바로 그 신선한 충동을 우리 고전 작품은 우리에게 안겨 준다. 거기에는 일상을 벗어났으되 나의 뿌리를 이탈하지 않았다는 안도감까지 함께 있다. 그것은 남의 나라 고전이 아닌 우리 고전에서만 받을 수 있는 선물이다.

우리 고전을 읽어야 한다는 데는 이미 많은 사람이 공감한다. 고전 읽기를 통해서 내가 한국인임을 자각하고, 한국인이 어떻게 살아왔으며, 어떻게 살아가야 할지 알게 하는 문화의 힘을 느낄 수 있다.

하지만 고전은 지난 시대의 언어로 쓰인 까닭에 지금 우리가, 우리의 청소년이 읽으려면 지금의 언어로 고쳐 쓰는 작업이 반드시 선행되어야 한다. 우리가 쉽게 접하는 세계의 고전 작품도 그 나라 사람들이 시대마다 새롭게 고쳐 쓰는 작업을 거듭한 결과물이다. 우리는 그런 작업에서 많이 늦은 것이 사실이다. 이제라도 우리 고전을 새롭게 고쳐 쓰는 작업을 할 수 있는 것은 우리의 문화 역량이 여기에 이르렀다는 반증이다.

현재 우리가 겪는 수많은 갈등과 문제를 극복할 해결의 실마리를 고전 속에서 찾을 수 있다고 확신하면서 우리 고전을 지금의 언어로 고쳐 쓰는 작업을 시작한다. 이 작업은 여기에서 멈추지 않고 앞으로도 시대에 맞추어 꾸준히 계속될 것이다. 또 고전을 읽는 데서 끝나지 않을 것이다. 우리 고전은 우리의 독자적 상상력의 원천으로서, 요즘 시대의 화두가 된 '문화 콘텐츠'의 발판이 되어 새로운 형식, 새로운 작품으로 끝없이 재생산되리라고 믿는다.

'우리가 정말 알아야 할 우리 고전'을 기획하면서 우리는 다음과 같은 몇 가지 원칙을 세웠다.

먼저 작품 선정에서 한글·한문 작품을 가리지 않고, 초·중·고 교과서에 수록된 작품을 우선하되 새롭게 발굴한 것, 지금의 우리에게도 의미 있고 재미있는 작품을 포함시키기로 하였다.

그와 함께 각 작품의 전공 학자들이 적극적으로 참여하여 판본 선정과 내용 고증에 최대한 정성을 쏟았다. 아울러 원전의 내용과 언어 감각을 훼손하지 않으면서도 글맛을 살리기 위해 여러 차례 윤문을 거쳤다.

마지막으로 시각 효과를 높이기 위해 내용에 맞는 그림을 곁들였다. 그림만으로도 전체 작품의 흐름을 알 수 있도록 화가와 필자가 협의하여 그림 내용을 구성했으며, 색다른 그림 구성을 위해 순수 화가와 사진가를 영입하였다.

경험은 지혜로운 스승이다. 지난 시간 속에는 수많은 경험이 농축

된 거대한 지혜의 바다가 출렁이고 있다. 고전은 그 바다에 떠 있는 배라고 할 수 있다.

자, 이제 고전이라는 배를 타고 시간 여행을 떠나 보자. 우리의 여행은 과거에서 출발하여 앞으로 미래로 쉼 없이 흘러갈 것이며, 더 넓은 세계에서 더 많은 사람을 만나며 끝없이 또 다른 영역을 개척해 갈 것이다.

2004년 1월

기획 위원

글 읽는 순서

안빙몽유록安憑夢遊錄

안빙이 꿈속에서 노닌 이야기

안빙[1]이라는 서생書生이 여러 번 진사進士 시험을 치렀으나 합격하지 못하였다. 그래서 남산 별장에 가서 한가로이 지내게 되었다. 그곳 후원에 아름다운 화초를 많이 심어 놓고 날마다 그곳에서 시를 읊조렸다.

늦봄 무렵 기후가 화창한 날, 그는 화초들을 감상하고 읊조리며 태평하게 거닐었다. 어느덧 나른해져서 오래된 홰나무에 기대어 앉아, 나무를 만지며 혼잣말하였다.

"세상에 전하는 괴안국 이야기[2]는 매우 허탄하고 또한 기괴하구나."

그러다가 어느새 졸음에 빠져들었다. 문득 깨어 보니 박쥐처럼 큰 호랑나비가 코앞에서 날아다니기에 이상해서 쫓아갔다. 나비는 그에게 가까워지기도 하고 멀어지기도 하며 길을 인도하는 것 같았다. 한참을 가니 어떤 계곡 입구

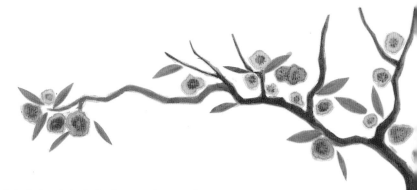

에 도달하였다. 복숭아와 자두 꽃이 흐드러지게 피었고 그 아래로 작은 길이 있었다. 그는 머뭇거리며 돌아가려는데 아까 그 나비는 보이지 않았다. 오솔길에서 열서너 살쯤 돼 보이는 청의동자[3]가 손뼉을 치며 나아와 웃으며 말했다.

"안공安公께서 오셨군요."

그러고는 뛰어갔다. 그 행동이 나는 듯했다. 안생은 그 아이를 알지 못하는지라 이상하다고 생각하였다. 오솔길을 따라 들어가니 집 한 채가 보였다. 회 칠한 담장으로 두르고 붉은 용마루와 푸른 기와가 산속에서 환히 빛나니, 보통 건물이 아닌 듯하였다.

바깥문으로 조금 나아가니, 화려한 문들이 일제히 열리고 붉은 입술에 푸른 옷을 입은 아름다운 시녀가 나와서는 곧장 안생 앞으로 다가왔다. 미소를 머금고 고개를 숙인 채 예전부터 아는 사이처럼, 먼 길 오시느라 고생하셨다고 말하였다. 그리고 과군[4]께서 공公의 광대한 도道를 들으시고 매우 기뻐 뜰에서 인사를 나누고자 하니 잠시 기다리시란다고 전하였다.

안생은 과군이 누구인지 묻고, 조상에 대해서 묻지는 못하였다.

"과군은 도당[5] 요임금의 후손이요 단주[6]의 자손입니다. 선조께서는 우나라와 하나라[7] 때에 지방 장관을 자주 맡아서 공로가 있었기에 왕의 칭호를 갖게 되었습니다. 그렇게 대대로 이어졌으니, 자손은 많지 않고 신하들이 받들어서, 친족 가운데 덕망 있는 이를 가려서 왕으로 심겼습니다. 목덕과 화덕[8]을 섞어 사용하였고, 격식과 제도에는 푸른색과 붉은색을 숭상하여서 지금까지 이어지고 있습니다."

"그대는 누구인가? 성은 무엇이고 항렬[9]은 어찌 되는가?"

"저의 성은 강絳(붉음)이요 이름은 악樂(음악)이며 스무 번째입니다. 한漢나라 강후영[10]의 후손입니다. 조상이 강絳 땅에 봉封해져서 성으로 삼게 되었습니다."

대답이 끝날 즈음, 또 아름답고 가녀린 시녀가 나와 안생에게 와서 단정히 읍[11]을 하고는 강씨에게 농담을 걸었다.

"무슨 비밀스런 말을 하다가 사람을 보고 그치는가?"

강씨가 웃으며 말하였다.

"마침 귀한 손님을 만나서 성명을 아뢰었을 뿐이야. 또 뭘 의심하니?"

안생이 강씨에게처럼 또 성명을 물었다.

"제 이름은 유留이고 열여덟 번째입니다. 손님과 성이 같지요.[12] 금곡[13] 계열이랍니다."

같은 성의 금곡 계열이라는 말에 대해 안생이 물어보려고 하는데, 시녀가 말하였다.

"임금의 명을 전하느라 차분히 얘기할 겨를이 없습니다. 빨리 들어가서 과군을 뵈시기 바랍니다."

안생이 옷차림과 몸가짐을 바로 하고 두 시녀를 따라 들어갔다. 수십 겹의 문을 지나니 정전正殿이 우뚝한데, 황금으로 현판에 '조원전[14]'이라 쓰여 있었다. 이슬방울을 엮어 만든 발을 치고 탁자는 금속[15]으로 꾸며져 있었다. 흰 옥이 섬돌에 가지런하고 정원에는 푸른 유리가 깔려서 정결하여 밟을 수 없었다. 왼쪽에는 푸른 누각이 있고 오른쪽에는 붉은 누각이 있으니, 왼쪽은 '영춘迎春'이요 오른쪽은 '화악化萼'이라 쓰여 있었다. 난간과 기둥은 화려하게 채색되어 눈을 어지럽혔다.

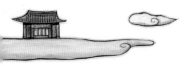

안생은 숨을 죽이고 움츠린 채 복도에 우두커니 서 있었다. 문득 신선 음악이 표연히 공중에서 들리는 듯하더니, 시녀 수백 명이 화려한 수레를 옹위하여 나왔다. 여왕이 수레를 타고 나오는데 나이는 열일고 여덟 살 정도였다. 붉은 비단의 곤룡포를 입고 금으로 된 무봉관[16]을 썼는데 붉은 뺨에 윤기 어린 모습이었다. 가벼운 걸음으로 천천히 섬돌을 내려오니 향기가 넘쳐났다.

안생은 종종걸음으로 나아가 뜰에서 절하려고 하였지만, 왕은 아까 그 두 시녀에게 명하여 그치도록 하였다.

"맑은 덕을 뵌 지 오래되어서 몹시 뵙고 싶었답니다. 또한 상하 관계가 아니라 내려서서 뵐 테니 그렇게 하지 마시오."

안생이 그럴 수 없다고 하여 두 번 절을 하였다. 왕도 답례로 절을 하였다. 서로 사양하며 전에 올라 자리를 정하고 앉았다. 왕이 시녀를 보고 말하였다.

"이부인[17]을 불러 오너라. 반희[18]도 함께 오라고 하여라."

잠시 뒤 이부인이 왔다. 곱게 화장하고 담백하게 꾸미고서 가벼운 걸음으로 오는데, 모습은 옥구슬처럼 어여뻤다.

또 반희가 온다는 보고가 들어왔다. 예쁜 얼굴이 조금 발그레하고 검은 눈썹은 먼 산 같고  가녀린 몸매는 붉은 비단보다 뛰어났다. 안생은 자기도 모르게 내려가

절을 하였다. 두 사람도 답배를 하고, 남쪽 자리에 가서 앉으려 했다. 이부인이 반희에게 사양하고 반희는 이부인에게 사양하여 한참 결정하지 못하자, 왕이 두 사람을 희롱하였다.

"옛날 이부인이 총애를 받고 반희는 밀려났으니, 오늘 자리는 지위로 하지 말고 미모로 하는 것이 어떠한가?"

반희가 옷깃을 가다듬고 웃으며 말하였다.

"그것은 남편이 변덕스러웠기 때문입니다.[19] 옛적 반희가 어찌 이부인만 못합니까? 게다가 조정에서는 지위가 제일이라고 들었습니다."

그러고는 윗자리에 앉았다. 모두들 웃는데, 문득 문밖에서 떠드는 소리가 들렸다. 문지기가 손님이 오셨다고 급히 보고하였다. 왕이 천천히 말하였다.

"오래전에 조래선생, 수양처사, 동리은일[20]과 보기로 약속하였더니, 이분들이 마침 오셨구나. 내 일찍이 손님으로 대하였으니 앉아서 기다릴 수 없다."

그러고는 전에서 내려가 섰다. 세 사람은 기별을 보내고 나서 차례대로 들어왔다. 왕은 용모를 단정히 하고 기다렸다. 한 사람은 검푸른 수염에 키가 크고 기개가 높고 컸다. 한 사람은 엄하고 꼿꼿하여 절조가 맑았다. 한 사람은 누런 관에 거친 옷을 입었는데 향기로운 덕이 있고 얼굴이 순수하였다. 세 사람이 와서는 읍을 하고 절을 하지는 않았다.

"저희들이 시골에서 소탈하게 지내느라 예의를 익히지 못했습니다."

왕은 더욱 예의를 갖추었다. 그리하여 전에 올라 마주 앉았다. 안생

은 나중에 나아가 절을 하였다. 세 사람은 서로 돌아보며 놀라는 빛을 띠었다.

"안 수재께서 어떻게 여기 오셨소. 아는 이를 만나게 되니, 어찌 기쁘지 않겠소."

안생은 더욱 이상했지만 그 이유를 깨닫지 못했다.

세 사람은 안생에게 읍을 하고 위에 앉기를 청했는데, 안생이 굳이 사양하였다. 왕이 말하였다.

"예의상 이와 같아야 합니다. 여러 번 사양하는 것은 옳지 않습니다."

안생이 어쩔 수 없이 자리에 앉았다. 다음은 조래선생이고 다음은 수양처사, 다음은 동리은일이었다. 각기 인사를 하고 나서, 이부인이 왕에게 술잔을 올리며 말하였다.

"옥비²¹)가 가까이 계시고 좋은 만남은 얻기 어려우니 부르는 게 어떨지요?"

"허락한다."

즉시 청의동자에게 부르라고 명하였다. 밥 짓는 시간 정도 후에 옥비가 산 뒷길로 해서 백마를 타고 이르렀다. 옅은 화장에 흰옷을 입었다. 또 한 여자가 같이 왔는데, 시종을 거느린 모습이 왕비나 공주 같았다. 왕이 바라보고는 손님들에게 말하였다.

"시에 이르길, '손님이여 손님이여, 그 말이 희도다.²²)' 라고 하였으니, 이 또한 우리 집의 손님입니다. 다만 뒤에 오는 이는 누구인지 모르겠구려."

옥비가 들어와서 인사를 하고 말하였다.

"부용성²³)의 성주城主 주씨周氏가 방문하였기에 이끌고 같이 왔습니다. 잔치 자리에 당돌하게 온 것은 아닌지요?"

"미처 생각지 못하였군요. 어서 들어오시오."

주씨가 안내인을 따라 인사를 하는데, 광채가 뛰어나고 돌아보는 눈길이 빛났다. 두 사람이 뒤에 와서 자리를 정하기 어려워지자 조래선

생이 말하였다.

"옥비는 수양처사 아래 앉으시지요."

옥비가 정색하며 말하였다.

"예의상 남녀는 같은 자리에 앉을 수 없지요. 더구나 어깨를 섞어 앉겠습니까?"

왕이 말하였다.

"그렇지요. 옥비는 형뻘이요 우리 나라의 손님입니다. 임시방편이지만 내 다음에 앉는 것이 마땅합니다. 주씨는 성을 좌우하는 성주이니, 옥비 다음에 앉으시오."

두 사람이 사양하였으나, 어쩔 수 없어서 자리에 앉았다. 잠시 후 음식이 나왔는데 향기가 기이하고 본 적이 없는 것들이었다. 노래하는 기녀 수십 명이 꽃 모자를 쓰고 악기를 들고 나왔다. 각기 다른 색의 옷을 입어서 푸른색, 노란색, 붉은색, 흰색 등의 색채에 눈이 어지러웠다. 대열을 나누더니 마루 아래에 앉았다. 그녀들 역시 미인이었다.

왕이 자리에서 일어나, 구화상[24]에 도미주[25]를 따라 안생에게 먼저 권했다. 안생은 주춤주춤 물러나 앉으며 이리저리 사양하였다.

왕이 말하였다.

"이미 윗자리에 앉았으니 어찌 다시 첫 잔을 사양할 수 있겠소?"

이에 여러 음악이 같이 울리며 기녀들이 마주하여 춤을 추었다. 한 명은 금실로 만든 옷을 입었는데 허리가 가늘었다. 한 명은 깃으로 만든 옷을 입었는데 가볍게 날아다니는 듯했다.

금실 옷을 입은 기녀가 절양류[26]를 불렀다.

> 담장의 버드나무엔 긴 그리움 맺히고
> 떠나는 이 꺾어 주니 몇 가지나 남았나
> 해마다 이별 하노라 해마다 가지 꺾네
> 봄바람에 전하노니, 다시 불지 말기를.

깃옷을 입은 기녀가 접련화[27]를 불렀다.

푸른 풀의 남쪽 정원에 봄은 또 지는구나
꿈속 경치, 너는 내가 변화한 것인가[28]
화려한 잔치에 참여함은 하늘이 주었으니
다시 어느 곳을 찾아 빈번히 방문하련가
세상의 바쁘고 괴로움을 모두 보았나니
화색은 소멸되어 늙어감을 막을 수 없네

이십사

내일이 좋은 날일지 오늘에 어찌 알겠나

몸이 술동이 앞에 쓰러짐을 아까워 마라.

왕이 말하였다.

"속된 음악은 귀만 어지럽힐 뿐이지. 우리 집안의 옛 노래를 듣고 싶은데, 여러분 생각은 어떠하신지 모르겠구려."

모두가 말하였다.

"듣고 싶습니다. 듣고 싶습니다."

왕이 시중드는 아이를 돌아보며 말하였다. 즉시 누런 옷을 입은 가녀린 기녀가 오현금[29]을 가지고 대열에서 벗어나 따로 앉았다. 거문고 줄을 고르고는 남훈곡[30]을 연주하였다. 곡조가 격조 있고 기묘하여 모두들 놀라는 빛이었다.

왕이 말하였다.

"불곡[31]은 단주의 후손입니다. 우리 문조[32]께서 이 곡을 지으셨고 중화[33]가 노래로 만들어 연주하셨답니다. 세상 사람들은 이 곡이 중화가 지은 것으로만 알고, 실은 우리 문조에게서 나온 것인 줄은 모르지요. 이 때문에 우리 집안에서는 대대로 전하여 지금까지도 이어지고 있습니다."

모든 이가 감탄을 하였다.

"옛적 오吳나라 계찰季札이 소소[34] 춤을 보고, '덕이 지극하고 극진합니다. 다른 음악이 있더라도 보지 않으렵니다.'[35]라고 하였으니 우리들 뜻도 그러합니다."

왕은 다시 다른 음악을 연주하지 말라고 명하고, 손님들에게 말하였다.

"화창한 때는 쉽게 가고 좋은 일은 얻기 어려우니 옛사람들 또한 슬퍼하던 바입니다. 오늘 술이 반취했는데 음악이 그쳤으니 손님들을 즐겁게 할 게 없군요. 청컨대 각자 시를 한 편 지어서 보완하는 것이 어떠한지요?"

"예, 예."

왕이 옥비를 보며 말하였다.

"짐朕이 잔을 치다 말았고, 형 자리가 짐의 다음이니, 주인을 대신하여 읊으면 좋겠소."

옥비가 부끄러워하며 사양하였다. 좌우에서 강청하니 절구 한 편을 읊었다.

이십육

은근히 들리는 천 리 밖 강남 소식

응당 고산孤山 처사의 집에 도달하리

한번 옥난간에 들어가 봄에도 적막하니

성긴 그림자[36] 애달파라 누굴 위해 기우나.

읊기를 마치고 한과 근심에 흐느끼며 소리를 삼켰다.

"저의 집은 본래 강남인데 고산으로 옮겼습니다. 처사 임포[37]와 이웃이 되었는데, 눈 오는 달밤에 모임을 자주 가졌지요. 제가 옥난간에 들어간[38] 후로 매번 서호가 그리울 때면 '웃으면서 환한 이 드러나고 패옥 소리는 걸음 따라 울리네.'[39]를 따르려 하나 할 수 있겠습니까? 옛날을 그리고 현재를 안타까워하니, 마음이 글에 나타납니다."

왕이 이 말을 듣고는 즐거워하지 않았다. 좌우에서 그 까닭을 물었다. 왕이 탄식하며 말하였다.

"넝쿨이 뻗어 가려면 반드시 기댈 곳을 얻어야 합니다. 여자가 행동함에 어찌 따를 바가 없겠습니까? 과인은 동황[40]과 혼인을 아름답게 이루어, 시집가서 화목하게 살았소. 벌레들 날고 달이 나옴은 제나라 후비의 의를 일찍 드러냈고[41], 넝쿨의 퍼짐과 높은 나무[42]는 남쪽 나라의 교화를 기약하여 이루었다오. 뜻하지 않게 동황이 젊음을 믿고 천둥수레를 타고 달밤에 꽃을 따라 노닐었소. 형제는 황조의 가르침을 노래했고[43], 시종들은 기초의 시[44]를 지었지요. 결국 하늘의 일을 저버린 것에 상제가 노하여 동쪽으로 유배 보냈답니다. 그러나 또한 그 취향을 아껴서 차마 쓸쓸하게 버려두지 못하시고 봄 석 달에 열흘간은 만나게 하였습니다.

이십칠

이 이상은 소식이 이어지지 않으니 이는 '남해와 북해의 거리처럼 아득하여 마소가 짝을 찾지 못한다.'는 것과 같습니다. 은하수의 이별이 비유될 만하지요. 옥비의 말에 느끼는 바가 있습니다."

좌우 사람들이 모두 탄식하였다. 왕이 두 시녀에게 운금전⁴⁵⁾ 한 폭을 펼치게 하고 근체시 7언 율시를 지어 보여 주고는, 안생에게 화답을 청하였다.

진중한 동황이 잘못하여 헤어졌으니

어제 이별한 듯 좋은 시절 원망하네

장루⁴⁶⁾에 저녁 비, 연지가 흘러내리고

보장⁴⁷⁾에 남은 향기, 비단 이불 새롭네

하늘 위의 만날 기약 칠월칠석뿐이요

술동이 앞, 좋은 만남 열흘이 넘지 않아

밤에는 견우와 직녀 보면서 근심을 달래고

'남풍이 백성 풍요롭게 하네'⁴⁸⁾를 연주하네.

안생이 무릎 꿇고 두세 번 읽고는 붓을 적셔 화답시를 적어 바쳤다.

우연히 나비 따라 그윽한 곳 찾아와서

산길 속 특별한 봄 경치 보고 놀라네

파랑새가 금모⁴⁹⁾의 소식을 전하여서

백두⁵⁰⁾가 이제 자황신⁵¹⁾에 절을 하네

이십팔

궁녀들이 가득하고 꽃들이 피었으니

풍월風月에 머물러 술이 몇 차례 도네

지난 인연으로 신선 명부에 올랐으니

돌아가면 다시 금성 사람 찾으리라.[52]

좌우에서 일제히 칭찬하며 대단하다고 하였다. 안생은 주씨에게 잇게 하였다. 주씨는 고개를 숙이고 한참 후 말하였다.

"세 분의 노래와는 다릅니다."

그러고는 창랑곡[53]을 불렀다.

창랑의 물이 흐리면

내 발을 씻으리라.

왕이 웃으며 말하였다.

"본래 각자 뜻을 말하려는데 옛 가사를 외우기만 하니, 이는 기수沂水에서 목욕하겠다는 증점曾點이 아니로다.[54] 어찌 족히 참여하리오? 빨리 벌을 받으라."

즉시 큰 술잔을 띄우니, 주씨가 일어나 술잔 받침대 앞에 서서 벌주를 받아 마셨다. 술기운이 뺨에 오르자 맑은 소리로 크게 읊었다.

부용성의 주인 된 지 몇 해런가

한가로이 꽃 속에서 연잎 배를 젓네

비 갠 뒤 맑은 바람과 달을 아낄 이 없어

염계[55]를 말하노라니 다시 수심이 이네.

　주씨가 부탁할 사람을 정하지 못하자 조래선생이 왼손으로 잔을
집고 오른손으로 쟁반을 두드리며 가늘게 읊조리니, 청초하여 들을
만했다.

조래산 아래 수염 많이 난 늙은이

바람 서리에도 옛 모습 바꾸지 않네

한탄하노니, 주나라가 동쪽으로 옮긴 후

부질없이 남은 명예 진나라 봉작[56]으로 더럽히네.

이후에는 각자 차례대로 시를 지었다. 수양처사의 시는 다음과 같다.

어려서 두각이 생겨

비단보로 몸을 싸네[57]

선군은 양보심이 많은데[58]

후손은 사람축에 못 드네[59]

그래도 천 년 절개 지키니

구십 일 봄을 자랑 마라

무심히 봉황새 소리 들으며

고사리와 함께 이웃 하네.

삼십

동리은일의 시는 다음과 같다.

도를 즐겨 사치를 꺼리니

동쪽 울타리가 내 집이라

저녁 꽃, 가을 이후 드물고

흰 이슬, 밤 깊어 많으니

율리의 도령이 슬퍼하고

용산의 맹가가 한탄하네[60]

해마다 비바람 몰아치니

다시 머리에 꽃 꽂지 마시라.

두 편의 구절구절들이 다 놀랄 만했다. 왕이 말했다.

"수양처사의 고고함과 동리은일의 자유로움은 이른바, '뼈가 녹아도 변치 않는다.' 는 것이군요. 옛적 노魯나라 공자孔子께서 말씀하시길, '주나라가 2대[61]를 본받으니 빛나도다 문화여! 나는 주나라를 따르리라.' [62] 하셨고, 당나라 한유[63]는 또한, '애석하구나! 그때에 태어나지 못하여 예의를 행하지 못하였으니. 아! 성대하도다.' 라고 하였습니다. 두 분이 이러한 때에 태어나셨다면 또한 고고함과 자유로움에 그칠 따름이겠습니까?'

말에 풍자하는 뜻이 있는 것 같아서 처사가 낯빛을 바꾸고 거칠게 말하였다.

"요임금과 순임금이 위에 계셔도 아래에 소부와 허유[64]가 있고, 주나라 덕이 성대하여도 멀리 요임금과 순임금에게는 부끄러울 뿐입니다. 우리 두 사람이 노쇠하였어도 소부와 허유의 아래 되기는 바라지 않습니다."

왕은 「숙우전」의 첫 장[65]을 읊고 말하였다.

"어찌 눈앞에서 마음에 들고자 하는 미인이 없겠습니까? 여러 분들을 아끼는 바는 세한의 자태[66]가 있기 때문입니다. 나는 왕도를 넓혀서 초목이 모두 순조롭게 되기를 생각합니다. 하나의 미물이라도 내 교화를 받지 못하면 나는 부족하게 여깁니다. 서로 도와 다스려서 만물이 모두 봄이 되게 할 수 없을까요?"

수양처사가 「기욱」의 첫 장[67]을 읊고, 동리은일이 「간혜」의 끝 장[68]을 읊고 말하였다.

"각기 지키는 바가 있으니 빼앗지 못합니다."

왕이 말하였다.

"두 분은 내가 쇠퇴하였다고 꺼리시는가?"

이즈음 술잔이 다 돌아가서 안생은 일어나 떠나려 하였다.

왕이 말하였다.

"반희와 이부인도 자리에 계시고 아직 뜻을 전하지 않았습니다. 잠시 앉아 기다리시어 두 사람이 쓸쓸하지 않도록 하심이 어떨지요?"

안생이 공손히 허락하였다.

왕이 두 사람에게 말하였다.

"안 수재께서 가시려는데 정성을 다하지 못하였습니다. 반희와 이부인은 그 지은 시를 노래하며 춤추어 남은 즐거움을 돕지 않으렵니까?"

삼십이

두 사람이 명을 듣고 앞으로 나와 절하고 말하였다.

"저희들은 본래 춤을 배우지 않았습니다. 그러나 오늘 모임이 너무 즐거워서 손발이 저절로 춤을 추니, 한번 해보겠습니다."

그러고는 같이 일어나서, 앞으로 나가고 뒤로 물러나며 월궁 소아[69]의 춤을 추었다. 이부인이 먼저 노래하였다.

선제께서 봄나들이하러 건장궁[70]을 나서니
당시의 은총은 궁녀 가운데 제일이었지
꽃다운 마음 그대로인데 화장은 지워지고
추풍사[71] 한 곡조를 잊지 못해 한탄하누나.

반희가 이어서 불렀다.

영화로운 지난 날 수레를 사양했는데
아침 내내 비바람에 백량에 갇히네[72]
천 년 동안에 마음 알 이 이백뿐이니
새로 화장한 조비연이 예쁘다 하였네.[73]

왕은 시녀에게 마루반[74]에 춘채단[75]을 가득 담아 상을 내리라고 하였다.

"금전두[76]를 내릴 만하도다."

두 사람이 은혜에 감사드리며 자리로 돌아갔다. 조래선생이 좋아하

지 않으며 수양처사를 보며 말하였다.

　"취하면 나가야 모두 복을 받을 것입니다."

　그러고는 알리지도 않고 담장을 넘어 급히 사라졌다. 이부인이 농담으로 수양처사와 동리은일에게 말하였다.

　"옛적에 처사가 노래를 듣고는 놀라서 담장을 넘어 도망갔습니다. 좌중에 어떤 이가 농담하기를, '산새가 미인의 노래를 알지 못하고, 악기 소리 한마디에 놀라 날아가네.' 라고 하였죠. 정말 이와 같습니다."

　두 사람이 대답하지 않고 이어서 나갔다. 안생이 또한 떠나겠다고 고하였다. 좌우에서 곡진하게 송별하였다. 왕은 춘관[7]을 시켜서 송별식을 행하게 하였다. 채단과 수놓은 비단과 금은보화가 뜰에 나열되었다. 안생은 절을 하고 문을 나섰다. 어떤 미인이 문밖에 서 있다가 안생에게 읍을 하였다.

　"오늘 유람은 즐거우셨습니까?"

"당신은 누구신데, 홀로 여기에 서 계시오?"

미인은 눈물을 흘리며 말하였다.

"예로부터 전하는 말에, 저의 선조가 개원[78] 말에 양귀비에게 죄를 지었다고 합니다. 사건이 책에 기록되지 않고 말은 근거가 없는데, 지금까지 천여 년 동안 이어져 후손들이 또한 당堂에 오른 적이 없습니다. 널리 사랑하신다는 분에게 이런 일이 있단 말입니까?"

말이 마치기 전에 급한 우레가 땅을 찢을 듯하였다. 문득 깨어 보니 꿈이었다.

술기운이 몸에 있고 향기가 옷에 스며 있는 듯하였다. 어릿어릿하여 일어나 앉으니, 가랑비가 홰나무를 적시고 우레 소리의 여운이 은은하였다. 안생은 아까 꾼 꿈이 또한 남가일몽이라고 여겼다. 나무 주위를 돌며 생각하다가 깨닫고는 화원으로 나아갔다.

모란 한 그루가 비바람에 시달려 붉은 꽃잎이 땅에 떨어져 있다. 그 뒤에는 복숭아와 자두나무가 나란히 서 있고 나뭇가지 사이로 파랑새가 지저귀고 있다. 대나무와 매화는 각기 둔덕을 차지하였는데, 매화는 새로 옮겨져 난간으로 보호받고 있다. 뜰에는 연꽃 연못이 있고 연잎이 떠 있다. 울타리 밑에는 국화가 싹이 트고 있고, 붉은 작약은 활짝 피었다. 다음으로 섬돌 위에는 석류 몇 그루가 예쁜 화분에 심어져 있다. 담장 안에는 수양버들 가지가 늘어지고, 담장 밖에는 노송 가지가 드리워져 있다. 그 밖에 주홍빛, 푸른빛, 붉은빛, 자줏빛 여러 꽃과 노래에 맞춰 춤추는 기녀처럼 벌들이 날아다녔다.

안생은 그제야 이것들이 변괴를 일으킨 것을 알았다. 그리고 문밖의

미인을 생각해 보았다. 안생이 전에 출당화[7]라는 것을 얻어서는, 꽃을 돌보는 아이에게 장난으로 말하였다.

"이 꽃은 양귀비에게 죄를 지어서, '출당'이라고 한다. 그러니 바깥 섬돌에 심도록 하여라."

시동은 정말 섬돌 아래에다 심었던 것이다.

안생은 이후로 휘장을 내리고 독서를 하며, 다시는 화원을 돌아보지 않았다고 한다.

1) 안빙(安憑) | '편안히 기대다.' 즉 잠을 자는 모습을 나타내는 말로써, 작품의 내용과 연관성을 지닌 작명이다.

2) 괴안국(槐安國) 이야기 | 중국 당나라의 순우분(淳于棼)이 술에 취하여 홰나무의 남쪽으로 뻗은 가지 밑에서 잠이 들었다가, 괴안국으로부터 영접을 받아 20년 동안 영화를 누리는 꿈을 꾸었다는 「남가태수전(南柯太守傳)」 이야기. 남가일몽(南柯一夢)이 여기서 유래했다.

3) 청의동자(青衣童子) | 푸른 옷을 입은, 심부름하는 아이.

4) 과군(寡君) | 다른 나라의 왕이나 고관을 대하여 자기 나라 임금을 일컫는 말.

5) 도당(陶唐) | 중국의 성군(聖君)으로 일컬어지는 요(堯)임금이 살던 곳.

6) 단주(丹朱) | 요임금의 아들. '단주' 는 '붉다' 는 의미다.

7) 우(虞)나라와 하(夏)나라 | 우나라는 순임금이 다스리던 나라. 하나라는 순임금을 계승한 우(禹)임금이 세운 나라.

8) 목덕(木德)과 화덕(火德) | 요임금은 오행(五行) 중에 화덕(火德)을 사용하였다. 위 작품에 나오는 '과군' 은 '모란' 을 가리키므로 색깔을 이렇게 비유한 것이다. 요임금의 화덕에 대해서는 『한서』 율력지(律曆志)에 다음과 같이 나와 있다. "요임금에 대해 『제계(帝系)』를 보면, 제곡의 네 왕비 가운데 진풍이 요임금을 낳아서 당에 봉하였다고 하였다. 고신씨가 쇠퇴하자 천하가 그에게 돌아간 것이다. 나무가 불을 낳으므로 '화덕' 이라고 하였다. 천하가 '도당씨' 라고 불렀다. 천하를 순임금에게 양보하고 아들 단주는 단연에 거처하여 제후가 되게 하였다. 즉위 기간은 70년이다.

9) 항렬 | 같은 혈족 간의 관계를 표시하는 순서.

10) 강후영(絳侯嬰) | 강후(絳侯)의 이름은 주발(周勃). 그와 함께 한(漢) 고조(高祖) 유방(劉邦)을 도와 군사상의 공적을 많이 세운 이름난 장수로 영음후(潁陰侯) 관영(灌嬰)이 있는데, 여기서는 이 둘을 합친 것이다.

11) 읍(揖) | 예의를 표하는 동작. 두 손을 맞잡아 얼굴 앞으로 들어 올리고 허리를 앞으로 공손히 구부렸다가 몸을 펴면서 손을 내린다.

12) 제 이름은~같지요. | 시녀 안류(安榴)는 '석류' 를 가리킨다. 석류는 한나라 때 장건(張騫)이 안석국(安石國)에서 가져왔다고 한다.

13) 금곡(金谷) | 진(晉)나라 부자 석숭(石崇)의 별장이 있던 곳.

14) 조원전(朝元殿) | '조원(朝元)' 이란 제후와 신하들이 매년 정월 초에 임금을 알현하는 것을 말한다.

15) 금속(金粟) | 돈과 곡식. 또는 '월계화' 나 '국화' 를 가리키기도 함.

16) 무봉관(舞鳳冠) | 봉생가 춤추는 모양을 한 관.

17) 이부인(李夫人) | 한(漢)나라 이연년(李延年)의 동생으로 무제(武帝)의 총애를 받았다.

18) 반희(班姬) | 반첩여(班倢伃). 한(漢)나라 성제(成帝) 때 뽑혀 궁에 들어가서 첩여(倢伃)가 되었다. 첩여란 중국 한나라 때에 둔, 여관(女官)의 한 계급을 말한다.

19) 남편이 변덕스러웠기 때문입니다. | 원문은 '종풍차폭(終風且暴)'. 종풍차폭은 '종일 부는 바람이 빠르다.' 는 뜻으로 『시경』에 나오는 「종풍(終風)」의 첫 구절이다. 남편이 어질지 못하여 버림받은 부인이 부른 노래이다.

20) 조래선생(徂徠先生), 수양처사(首陽處士), 동리은일(東籬隱逸) | '조래' 는 산 이름인데 소나무가 유명한 듯 『시경』 「비궁(閟宮)」에 '조래의 소나무' 라는 구절이 있다. '수양' 은 고죽군(孤竹君)의 두 아들인 백이(伯夷)와 숙제(叔齊)가 절의를 지켜 고사리를 먹다가 죽은 산이다. 고죽(孤竹)

은 대나무를 가리킨다. '동리'는 동쪽 울타리인데, 국화 심은 곳을 가리키기도 한다. '은일'은 시골에 묻혀 사는 인재를 말한다.

21) 옥비(玉妃) | 당(唐)나라 양귀비(楊貴妃).

22) 손님이여~희도다. | 『시경(詩經)』「유객(有客)」의 구절.

23) 부용성(芙蓉城) | '부용'은 '연꽃'을 말한다. 주돈이(周敦頤)의 「애련설(愛蓮說)」이 유명하므로 성주를 '주씨'라고 하였다.

24) 구화상(九華觴) | 아름다운 장식이 있는 술잔. 구화(九華)는 '국화'를 가리키기도 하고, '꽃이 번성함'을 비유하기도 한다.

25) 도미주(酴醾酒) | 거듭 빚은 술. 도미는 '장미과의 관목'을 가리키기도 한다.

26) 절양류(折楊柳) | 버드나무 가지를 꺾어 떠나는 임에게 주며 석별의 정을 담은 노래.

27) 접련화(蝶戀花) | 나비가 꽃을 그리워한다는 뜻의 노래.

28) 꿈속~것인가 | 장자(莊子)가 꿈에 나비가 되어 날아다니다 깨었는데, 자기가 나비 꿈을 꾼 것인지, 지금 나비가 자기 꿈을 꾸고 있는 것인지 알 수 없다고 하였다.

29) 오현금(五絃琴) | 줄이 다섯인 거문고. 순임금이 만들었다고 함.

30) 남훈곡(南薰曲) | 순임금이 지었다는 노래.

31) 불곡(不穀) | 임금이 자기를 가리키는 말. 어질지 못하다는 뜻의 겸칭.

32) 문조(文祖) | 요임금의 시조.

33) 중화(重華) | 순임금. 요임금을 이어 그 문덕(文德)의 빛남[光華]을 거듭하였다는 의미.

34) 소소(簫韶) | 소소(韶箾). 순임금의 음악.

35) '덕이~않으렵니다.' | 『춘추좌씨전(春秋左氏傳)』에 나오는 말.

36) 성긴 그림자 | 소영(疎影). '매화'를 지칭하기도 함. 옥비는 매화가 변한 인물.

37) 임포(林逋) | 송나라 사람. 서호(西湖)의 고산(孤山)에 은거하며 28년 동안 거리로 나오지 않았다. 결혼도 않고 매화를 심고 학을 기르며 살았다.

38) 옥난간에 들어간 | 옥비는 양귀비이고 '옥난간에 들어감'은 양귀비가 궁에 들어감을 말한다.

39) '웃으면서~울리네(巧笑之瑳, 佩玉之儺).' | 『시경』「죽간(竹竿)」의 구절. 여자가 친정을 그리워하는 노래.

40) 동황(東皇) | 봄을 맡은 동쪽의 신.

41) 벌레들~드러냈고 | 『시경』「계명(鷄鳴)」에, 왕이 늦잠 잘까 걱정한 나머지 벌레 소리를 닭이 우는 소리로 잘못 알고 깨우고, 달이 뜸을 해가 뜬 줄 알고 깨웠다는 구절이 있다. 이 노래는 제나라 민요로서 후비(后妃)의 덕을 노래한 것이다.

42) 넝쿨의 퍼짐과 높은 나무 | '넝쿨의 퍼짐[갈담(葛覃)]'은 『시경』의 작품. 후비가 지은 것인데 존귀해도 근면함을 노래한 것이다. '높은 나무[교목(喬木)]'는 『시경』「한광(漢廣)」에 나오는 구절. 문왕(文王)의 교화가 널리 퍼짐을 노래한 것이다. 이 두 작품은 모두 주남(周南) 편에 속하는데, 문왕(文王)의 덕화가 나타남을 노래한 시다.

43) 형제는 황조의 가르침을 노래했고 | 하나라 태강(太康)이 사냥하며 나태하게 지내자, 동생 5인이 노래를 지어 경계하였다. 황조(皇祖)는 시조(始祖), 여기서는 하나라 우(禹)임금을 가리킨다. '황조의 가르침'이란, '백성은 가까이 해야지 멀리하면 안 된다.'는 것이다.

44) 기초(祁招)의 시 | 주(周)나라 목왕(穆王)이 천하를 두루 돌아다니며 구경하며 놀자, 제공모보(祭

公謀父)가 이 시를 지어 왕의 마음을 그치게 하였다. 기초는 주나라 사마(司馬)이다. 시는 이렇다. "기초의 화평함이여, 덕을 밝히네. 우리 임금의 덕은 옥과 같고 금과 같네. 백성을 생각하여 취하고 포식하는 마음 없네.(祈招之愔愔, 式昭德音. 思我王度, 式如玉, 式如金. 形民之力, 而無醉飽之心.)"

45) 운금전(雲錦牋) | 아침놀이 그려진 예쁜 종이.

46) 장루(粧樓) | 여자가 거주하는 건물.

47) 보장(步幛) | 바람이나 먼지를 막는 휘장.

48) '남풍이 백성 풍요롭게 하네' | 남훈곡(南薰曲)의 가사.

49) 금모(金母) | 여신(女神). 서왕모(西王母).

50) 백두(白頭) | 흰머리. 지체는 높으나 벼슬하지 않은 양반을 가리키기도 함.

51) 자황신(紫皇宸) | 자황이 있는 대궐. 자황은 '옥황(玉皇)'과 같은 말. 여기서는 모란의 자줏빛을 염두에 두고 쓴 듯하다.

52) 돌아가면~찾으리라. | 금성(錦城)은 금관성(錦官城)이며, 성도(成都)의 남쪽에 있었다. 당나라 이백(李白)은 『촉도난(蜀道難)』에서 "금성이 즐겁다고는 하나 집에 돌아감만 못하네.(錦城雖云樂, 不如早還家)"라고 하였는데, 여기서는 의미를 역전시켰다.

53) 창랑곡(滄浪曲) | '창랑'은 물 이름. 『맹자』에 나옴.

54) 기수(沂水)에서~아니로다. | 공자가 제자들에게, 사람들이 알아주면 무엇을 할 것이냐고 묻자, 자로(子路) 등 세 명의 제자가 정치에 대한 포부를 밝혔고, 증점은 자신의 뜻은 세 사람과는 다르다고 하였다. 공자가 각자 자기 뜻을 말할 뿐이니 괜찮다고 하자, 늦은 봄 봄옷이 마련되면 몇 사람과 기수에 가서 목욕하고 무우(舞雩)에서 바람 쐬고 오는 것이라고 하였다.

55) 염계(濂溪) | 여산(廬山) 연화봉(蓮花峰) 아래의 물 이름인데, 그곳에서 거처한 북송(北宋) 때 사상가이자 문학가인 주돈이(周敦頤)의 호이기도 하다. 연꽃을 좋아하여 「애련설(愛蓮說)」을 지었다. 위 구절의 '비 갠 뒤의 맑은 바람과 달'은 황정견(黃庭堅)이 주돈이의 높은 인품을 평한 말이다.

56) 진나라 봉작(封爵) | 진시황(秦始皇)이 태산(泰山)에서 하늘에 제사 지낼 때에 폭우가 내리자 나무 아래로 피하였다. 이 일로 이 나무를 오대부(五大夫)에 봉하였는데, 후에 이 나무가 소나무라고 하여, 소나무의 별칭이 되었다.

57) 어려서~싸네 | 대나무가 싹이 터서 자라는 모양을 묘사함.

58) 선군은 양보심이 많은데 | 고죽군(孤竹君)의 두 아들 백이(伯夷)와 숙제(叔齊)는 서로 왕위를 양보하였다. 후에 무왕이 주(紂)를 정벌하고 주나라를 세우자 주나라 곡식을 먹지 않겠다고 수양산에 은거하여 고사리를 캐 먹다가 굶어죽었다.

59) 후손은 사람축에 못 드네 | 후손은 시를 읊는 수양처사를 가리킴. 수양처사는 대나무이므로 이렇게 말한 것임.

60) 율리의~한탄하네 | 율리(栗里)는 도령(陶令) 즉 팽택현령(彭澤縣令)을 지낸 도연명(陶淵明, 365~427년)이 살던 곳. 도연명은 봉급 때문에 허리를 굽힐 수는 없다고 80일 만에 관직을 버리고 일생을 전원에서 생활하였다. 맹가(孟嘉)는 도연명의 외조부로 술을 좋아하였다. 환온(桓溫)의 참군(參軍)이 되어, 9월 9일 환온이 용산에 참모들과 유람을 갔을 때 참여하였는데 바람에 모자가 날아간 것을 모르고 있었다. 환온이 손성(孫盛)을 시켜 글로 조롱하게 하자, 맹가는 즉시 화답하여 모두들 탄복하였다.

61) 2대 | 하(夏)나라와 은(殷)나라를 말한다.

62) '주나라가~따르리라.' | 『논어』 팔일 편(八佾篇)에 나오는 구절.

63) 한유(韓愈) | 768~842년. 자 퇴지(退之). 하양(河陽) 사람. 일반적으로 '한창려(韓昌黎)'라고 불렸다. 당나라 때 걸출한 산문가이자 시인. 인용문은 『의례』를 읽고 쓴 「독의례(讀儀禮)」의 구절이다.

64) 소부(巢父)와 허유(許由) | 소부와 허유는 요임금 때의 은자. 요임금이 천하를 물려주려 하자 둘 다 거절하였다. 둘이 동일한 인물이라는 견해도 있다.

65) 「숙우전(叔于田)」의 첫 장 | 「숙우전」은 『시경』의 작품. 첫 장은 "숙이 사냥을 하니, 거리에 사람이 없네. 어찌 사람이 없겠는가, 숙의 인품만 못하기 때문이지.(叔于田, 巷無居人, 豈無居人, 不如叔也, 洵美且仁)"이다.

66) 세한(歲寒)의 자태 | 날이 추워야 소나무나 잣나무가 늦게 시듦을 안다는 말.

67) 「기욱(淇奧)」의 첫 장 | 「기욱」은 『시경』의 작품. 첫 장은 다음과 같다. "저 기수 벼랑을 보니, 푸른 대가 아름답네, 빛나는 군자여, 가는 듯하며, 쪼는 듯하며, 당당하고 점잖으니, 빛나는 군자여, 끝내 잊을 수 없어라."

68) 「간혜(簡兮)」의 끝 장 | 「간혜」는 『시경』의 작품. 끝 장은 다음과 같다. "산에는 개암나무, 습지에는 감초가 있네. 누구를 생각하나, 서방 미인이라, 저 미인이여, 서방 사람이라."

69) 월궁(月宮) 소아(素娥) | 달나라에 산다는 선녀. 항아(姮娥).

70) 건장궁(建章宮) | 한(漢)나라 무제(武帝) 때 미앙궁(未央宮) 서쪽에 세운 궁전.

71) 추풍사(秋風辭) | 한 무제가 하동(河東)에 가서 후토(后土)에 제사 지내고 읊은 노래. 옛일을 회상하고 늙음을 탄식함.

72) 영화로운~간히네 | 반희는 한 나라 성제(成帝) 초에 궁에 들어와 총애를 받아서 첩여가 되었다. 성제가 후정(後庭)에서 노닐 때 반첩여에게 수레를 같이 타자고 권하였는데, 반첩여는 예의가 아니라고 사양하였다. 조비연이 성제의 총애를 얻고 또한 반첩여를 모함하자, 반첩여는 장신궁(長信宮)으로 물러나 태후를 모시며 살았다. 백량(栢梁)은 향기 있는 잣나무로 대들보를 한 궁전을 가리킨다.

73) 영화로운~하였네. | 이백(李白)이 한림(翰林) 벼슬을 할 때, 당 현종과 양귀비가 활짝 핀 모란을 완상하다가 이백에게 시를 짓기를 명하자 「청평조(淸平調)」를 지었다. 그 시에서 모란을 양귀비에 비유하였는데, '한나라 때를 보자면, 새로 화장한 조비연이 예쁘다.'고 하였다. 그런데 이것에 대해 고력사(高力士)는 양귀비에게 이르기를, 고의로 이백이 모욕한 것이라고 하였다. 위 문맥에서도 그러한 비판적인 의미로 사용한 듯하다. 조비연은 한 성제의 총애를 받아 황후가 되었으나 음란하였기 때문에 평제(平帝) 때에 서인(庶人)으로 폐위되어 자살하였다.

74) 마류반(碼磂盤) | 아름다운 석영으로 만든 쟁반.

75) 춘채단(春彩段) | 봄볕의 색감을 한 비단.

76) 금전두(錦纏頭) | 노래와 춤이 끝나고 손님이 비단을 주면 머리에 얹었다고 한다. 기녀에게 주는 놀이채.

77) 춘관(春官) | '예조(禮曹)'의 별칭. 의례나 제향(祭享) 따위를 맡음.

78) 개원(開元) | 당나라 현종(玄宗)의 연호. 713~741년.

79) 출당화(黜堂花) | 당(堂)에서 쫓겨난 꽃.

서재야회록 書齋夜會錄

서재에서 밤에 모인 이야기

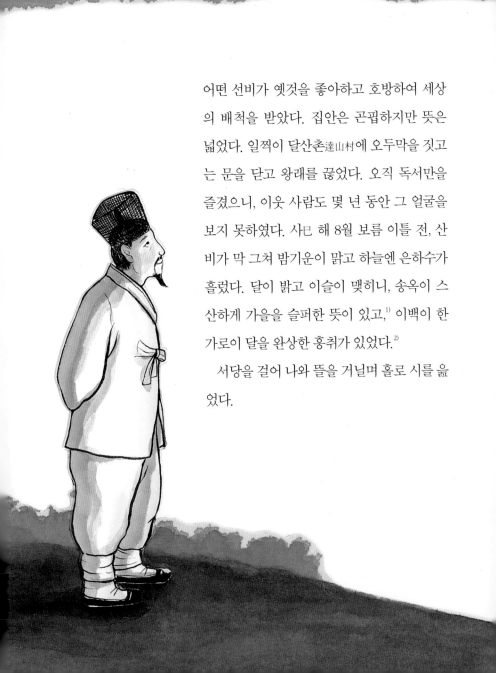

어떤 선비가 옛것을 좋아하고 호방하여 세상
의 배척을 받았다. 집안은 곤핍하지만 뜻은
넓었다. 일찍이 달산촌達山村에 오두막을 짓고
는 문을 닫고 왕래를 끊었다. 오직 독서만을
즐겼으니, 이웃 사람도 몇 년 동안 그 얼굴을
보지 못하였다. 사巳 해 8월 보름 이틀 전, 산
비가 막 그쳐 밤기운이 맑고 하늘엔 은하수가
흘렀다. 달이 밝고 이슬이 맺히니, 송옥이 스
산하게 가을을 슬퍼한 뜻이 있고,[1] 이백이 한
가로이 달을 완상한 흥취가 있었다.[2]

　서당을 걸어 나와 뜰을 거닐며 홀로 시를 읊
었다.

쩡쩡 나무 찍는 소리 나는 개울가

적막한 서재라서 이웃이 없으니

약을 찧는 가련한 옥토끼의 소리뿐

잔을 멈춰 누구와 얼음바퀴를 물을까

단풍 숲에 간간히 떨어지는 이슬방울

거리는 맑고 깊어 티끌이 없어라

봉루³⁾를 이별한 지 이제 몇 해런가

미인을 어이 보리, 다시 쓸쓸해지네.

읊기를 마치고, 서너 번 한탄을 하였다. 서늘하여 잠은 오지 않아서
마른 오동나무를 가져다 기대어 앉았다. 밤은 이미 삼경⁴⁾이 지났고 전
혀 인적이 없는데, 홀연 서재에서 두런두런 웃는 것 같기도 하고 말하
기도 하는 것 같은 소리가 들렸다. 선비는 두근거리는 마음으로 주저
하다가 숨을 죽이고 들어 보니, 과연 사람이 서재에 있는 것 같았다.
선비는 도적인가 의심하여 맨발로 몇 걸음 다가가서 살펴보았다. 이때
달빛이 창을 비추니, 방안은 대낮 같았다. 창틈으로 몰래 엿보니 네 사
람이 둘러 앉아 있었다. 모습은 같지 않고 의관도 달랐다. 한 사람은

치의에 현관[5]을 쓰고 중후하고 꾸밈이 적고 나이는 가장 많았다. 한 사람은 얼룩진 옷에 모자를 벗고 상투가 드러나 위로 솟았는데, 기품이 예민하였다. 한 사람은 흰옷에 윤건[6]을 썼는데 모습이 옥설玉雪 같았다. 한 사람은 검은 옷에 검은 모자를 썼는데 얼굴에 남색을 칠한 듯 검고 몹시 추하며 키가 작았다.

네 사람이 서로 말하였다.

"누가 능히 없음을 몸으로 삼고, 삶은 잠시 맡김이요 죽음이 진실이라고 여길 수 있을까? 움직임과 고요함, 흑과 백이 동일한 이치라는 것을 누가 알까? 그런 이는 우리의 친구가 될 텐데."

네 사람이 서로 보고 웃으며 말하였다.

"사祀와 여輿와 리犁와 뢰耒는 족히 막역한 사이라 할 수 있겠지?[7]"

그러고는 무릎을 당겨 앉았다. 흰옷 입은 이가 말하였다.

"오늘 밤 주인이 없는 틈을 타서 우리가 방을 차지하고 즐기니, 너무 거만한 것 아닌가?"

모자 벗은 이가 머리를 흔들며 말하였다.

"주인은 혼자 떨어져서 외롭게 지내니, 함께하는 이가 우리뿐이지. 살을 비비고 뼈를 갈고 머리를 적시고 등을 젖게 하며 일한 지 오래되었어. 우리가 늙고 둔하다는 놀림을 받고, 자네는 경박하다는 책망을 받았지. 저이는 운명이 다하고 이이도 이지러졌으니, 주인과 함께 할 시간이 또 얼마나 되겠나? 이러한 때 한마디 안 한다면 밝은 달이 어떻겠어?"

그러고는 원진[8]의 "흰머리 언제 돌아갈까, 붉은 마음은 사라지지 않

네.”라는 구절을 외우면서 오열하였다. 좌중이 모두 얼굴을 가리고 울며 눈물을 흩뿌리거나 닦았다.

흰옷 입은 이가 말하였다.

“부질없이 남관초수[9]를 본받아 모두 눈물을 흘리니 어찌 위로하겠는가?”

그러고는 모자 벗은 이에게 농담을 하였다.

“그대는 머리가 검은데 흰머리라고 하고, 속이 없으면서 ‘붉은 마음’이라고 해도 되는가?”

모자 벗은 이가 웃으며 말하였다.

“고루하구나, 구망[10] 씨의 시를 이해함이여. 이 어찌 소현[11]의 뜻을 알겠는가?”

검은 옷 입은 이가 치의를 입은 이를 보며 말하였다.

"두 사람은 입을 닫게. '자른 듯 간 듯 쫀 듯 문지른 듯'[12]하여야 비로소 시를 이야기할 만하다네."

치의를 입은 이가 농담을 하였다.

"타산지석으로 옥을 다듬는다는 말은 들었으나 묵墨을 다듬는다는 말은 듣지 못했네."

검은 옷 입은 이가 말하였다.

"과연 옥은 아니지?"

그러고는 서로 한바탕 웃었다. 모자 벗은 이가 말하였다.

"시를 읊고 싶은 마음이 일어나니 노쇠함을 모르겠구먼. 짧은 시를 지어 세 분을 위해 노래하겠네."

성근 발에 빈 휘장 밤이 대낮 같으니
옥이슬 빛나게 맺혀 가을달은 높아라
머리는 희나 아직은 작은 글씨 쓰고
눈은 밝아 오히려 터럭을 세려 하네.

치의 입은 이가 이어서 읊었다.

금섬[13]의 이슬방울은 씻은 듯이 맑고
옥토끼의 가을 터럭 추워 잠 못 드네
짧은 시 쓰고 나니 마음은 괴로워
눈물 흔적 여전히 눈가에 남았어라.

흰옷 입은 이가 말하였다.

"자네를 우러르는 것은 덕망이 두텁기 때문이지. 본받고자 해도 안 돼. 그런데 오늘 자네 시의 끝 연은 아녀자 티가 나는군. 의미가 중후하지 못해. 자네, 노쇠한 것인가?"

치의를 입은 이가 말하였다.

"자네가 제대로 봤네. 노쇠하다는 한탄을 한 지 오래되었다네."

흰옷 입은 이가 말하였다.

"또 이을 수 있겠나?"

그러고는 맑게 읊었다.

밝은 저 상월[14]은 흰 빛을 더하니

단청을 시험하여 좋은 시 지어 보네

진중한 네 사람, 문자의 모임인데

백 년의 자취를 누구에게 의지할까.

검은 옷 입은 이가 말없이 시를 짓지 못하는 듯하다가 이에 읊조렸다.

쪼고 갈고 물들여 도를 있게 하니

당년의 업적, 누가 진陳과 같은가

세 벗을 다시 만나 교분이 긴밀한데

세상 풍진 실컷 겪어 흰머리 새롭네.

흰옷 입은 이가 말하였다.

"진陳(먹)의 시는 못마땅하군. 자기 회포만 늘어놓았지 경치에 대한 말이 없으니 고루하지 않은가?"

모자 벗은 이가 말하였다.

"고藁(종이)는 견甄(벼루)을 무시하고 진陳을 비판하니, 고藁는 대단

한가?"

검은 옷 입은 이가 한숨 쉬며 탄식하였다.

"지금은 붕우의 도리가 사라진 지 오래되었어. 막역하다고 해놓고 절차탁마切磋琢磨를 꺼리는구면."

모자 벗은 이가 즉시 머리를 조아리며 사과하였고, 옆에 있는 이들은 웃었다.

선비는 처음엔 도둑인가 생각하였다가 물괴[15]라는 것을 알았다. 그러나 두려움은 없었고 그들의 행위를 자세히 보고자 하였다.

치의 입은 이가 말하였다.

"시에서 말하지 않던가? '너무 편안하지 않겠는가, 직분에 맡은 것을 생각하여, 즐김을 좋아하되 지나침이 없게 함이, 바른 이가 뒤돌아보는 것이다.'[16]라고 했지. 틈이 있어서 누설될까 걱정이네."

세 사람이 서로 돌아보며 대답하지 않았다.

선비는 그들이 흩어져 버릴까 봐 드디어 인기척 소리를 내었다. 방안은 홀연 고요하게 모두 사라져 버렸다. 선비는 즉시 물러나 기원하였다.

그대들 무리는 셋도 아니요 여섯도 아니라. 두 사람이라 하면 둘이 많고 다섯 귀신이라 하면 하나가 적다오.[17] 그대들이 나를 곤란하게 할 자가 아니요 나를 궁박하게 할 자 아니라. 그대들의 사정을 이미 들었으니 그대들의 모습을 숨기리오? 오늘은 노성[18]에게 풀로 배를 만들어 띄워 보내는 일이 없고 귀한 손님으로 맞으려 하오. 비록 어둠과 밝음이 거리가 있기는 하나 참된 마음은 통할 것이오. 네 분은 끝내 나를 버리시려오?

　기원을 끝내고는 옷깃을 바로 하고 서서 기다리는 것처럼 하였다. 한참이 지나도 흐트러지지 않았다. 홀연 서재 북쪽 창밖에서 조그만 소리가 점차 가까워졌다. 선비는 변화가 있음을 알고 마음을 굳게 하고 움직이지 않았다. 산의 달은 기울려 하고 그림자는 마루에 있었다. 세 사람이 줄지어 다가왔다. 의관과 모습은 방안에서 본 것과 같았다. 도착해서는 앞에 일렬로 늘어서서 절을 하였다. 선비도 답배答拜를 하였다. 그러고는 한 분은 어디 계신지 묻자, 대답하였다.

"관을 쓰지 않아서 뵐 수 없습니다."

"산속 서재에서 밤에 모인 것이니 예법을 따지지 않습니다. 속히 뵙
고 싶군요."

모자 벗은 이가 그 말을 듣고는 서재 뒤편에서 머뭇거리며 나아와
머리를 조아리며 무례함을 사과하였다. 선비가 위로의 말을 하고 서로
마주 앉았다. 성명과 가계를 물어서 산의 정령인지 나무 도깨비인지
구별하려다가 그들의 마음을 거스를까 봐 그만두고 먼저 자기 소개를
하였다.

"저는 고양씨[19]의 후손입니다. 집안에서 좋은 일을 한 덕으로 대대
로 높은 벼슬을 하였습니다. 그러나 형설[20]에 뜻을 두어 부귀에 뜻을
끊고, 널리 배우고 세밀하게 묻고 신중하게 생각하고 밝게 구별하라는
가르침을 스승으로 삼고, 사물에 다가가 배움을 얻고 뜻을 진실하게
하여 마음을 바로 한다는 배움을 실천하여, 하늘을 우러
러 부끄러움이 없고 아래로 사람에게 부끄럽지 않고 거
처함에 구석진 곳에 부끄럽지 않고 잘 때 이부자리에
부끄럽지 않고자 한 지 몇 해 되었습니다. 네 분은 어찌
그렇지 않겠습니까?"

네 사람이 그렇다고 말하였다.

오십삼

"궁벽한 땅에 늦게 태어나 외롭고 쓸쓸하니 옛것을 사모할 줄 알지만 행동은 허물을 가리지 못합니다. 여러 번 죽을 고비를 당하고 깊은 웅덩이에서 나오니, 친구들은 떠나고 가족은 유배를 갔습니다. 궁박함이 이와 같으나 원망한 적이 없지요. 네 분도 어찌 그렇지 않겠습니까?"

네 사람이 그렇다고 말하였다.

"이제 초췌한 모습에 지혜도 없이 세상 무리를 피하여 적막한 산 언덕에 외로운 초당을 짓고 안씨(공자의 제자 안회)와 정신적인 교류를 하는데 꿈에 주공은 볼 수가 없답니다.[21] 혹 인의仁義에 침잠하거나 혹 재미 삼아 글을 쓰기도 하니, 네 분이 아니면 누가 나를 따라 노닐겠습니까? 원컨대 말석에 참여하여 실마리를 듣고자 합니다. 여러분께서 가르쳐 주시기 바랍니다."

네 사람은 일제히 절을 하며 사양하였다.

"우리는 모두 누추한 자질로 군자께 의탁하여 외람되이 조화造化의 화로에 들어가 날뛰는 쇠가 되었습니다.[22] 명공께서 상서롭지 못하다고 꾸짖지 않으시고 따라 노닐도록 허락하시는군요. 평소 뜻을 말씀하시고 속내를 드러내시니, 보잘것없는 저희가 어찌 이것을 얻을 수 있겠습니까? 회포를 펼쳐서 말씀드리고자 하니 괜찮겠습니까?

선비가 기뻐하며 말하였다.

"진정 바라던 바입니다."

치의 입은 이가 일어나 절하고 앉아 아뢰었다.

"저는 감배씨[23]의 후손입니다. 순임금께서 왕위에 오르기 전 '기器

(그릇)'라는 이가 있었습니다. 순임금과 함께 하수河水가에서 그릇을 구웠고, 순임금이 제왕의 지위에 오르자 성을 도씨[24]라고 하였답니다. 그 일이 「우전」[25]에 기록되지는 않았습니다. 후손들이 저沮와 칠漆에서 고공을 따라 도혈로 와서는 서토에 집을 지었지요.[26] 무왕武王이 주紂를 정벌하자 태서[27]에 참여하였습니다. 자손들이 서토를 떠나 위魏 땅에 이주하여 와씨[28]로 고쳤습니다. 위나라가 망하자 비로소 드러났지요. 당나라 정원[29] 간에 와씨 가운데 이관[30]과 사귄 이가 있습니다. 장안長安을 유람하다가 객사客死하자 이관이 예를 갖추어 장례 지냈지요. 사람들이 지금까지 영화롭게 여깁니다. 그러나 와씨는 지손[31]이고 견씨가 종손입니다. 저는 견씨에 속합니다. 태어나는 날 터지지도 않고 갈라지지도 않았으며 '지池(연못)'라는 글씨가 손바닥에 있어서 '지'라고 이름 지었습니다. 저의 족보와 성명은 이와 같습니다. 어찌 숨겨서 지기[32]를 속이겠습니까? 다만 이제 노쇠하여 만사가 어그러지니 사문[33]에 미미한 공로가 있다고 하나 누가 다시 기억하겠습니까? 바라건대 와씨와 이씨의 사귐을 이루고자 하니, 명공께서 허락하시겠습니까?'

선비는 그 뜻을 헤아리지 못하고 다만 "예, 예."라고만 하였다.

검은 옷 입은 이가 나아와 절하고 말하였다.

"저는 수인씨[34]의 후손입니다. 조상에 '상霜(서리)'이라는 분이 있었는데, 신농씨[35]와 함께 백초百草를 맛보았으니, 『본초』[36]에 실려 있습니다. '오烏(까마귀)'라는 분은 창힐[37]과 함께 글자를 만들었으니, 『사기』[38]에 실려 있습니다. 그 후손은 문한[39]을 맡아서 대대로 끊이지 않았습니다. 주周나라에 이르러 묵씨(먹)가 되었지요. 노담[40]과 같이 주하사[41]가 되었는데, 역사에 그 이름이 오르지는 않았습니다. 20대 할아버지 적[42]은 온몸이 부서지도록 애써서 천하를 이롭게 하여, 공자와 함께 두 스승으로 일컬어졌습니다. 현조[43]에 이르러 진씨陳氏로 바꾸고 소나무와 잣나무 사이에 자취를 감추고 나오지 않았습니다. 선대부[44]께서는 제가 갈고 닦을 만한 자질이 있고, 선조의 영광을 빛낼 수 있다고 하여 사랑하고 이름을 '옥玉'이라고 하였습니다. 어려서 책을 좋아하여 평생을 힘썼는데, 늘그막에 이르러 점차 소갈이 생겼답니다. 지기知己에 의탁하더라도 몸에 옻칠하는 보답[45]을 하기는 어렵습니다. 감히 인자한 이에게 의지하여, 늙어 버림받는다고 한탄하지는 않으려 합니다. 명공께서 가련하게 보아주시기 바랍니다."

선비는 "예, 예."라고 하였다.

흰옷 입은 이가 일어나 공경히 절하고 말하였다.

"저는 구망씨[46]의 후손입니다. 선조께서 초목 사이에 빛을 감추시고 영예를 구하지 않았습니다. 세상에 있을 때는 혼돈의 기술[47]을 많이 닦아서 지혜가 명백하여 흰 바탕에 들어가고 무위無爲로 소박한 근원을 회복하였습니다. 진시황 때에 서적을 불태우고 학자를 구덩이에 묻을 때에도 그 화망에 끼지 않았습니다. 덕을 쌓은 자는 은택이 멀리 가는 법입니다. 자손의 번창은 한漢나라 때 시작되었습니다. '등藤(등나무)'이란 분은 총명하고 기억력이 좋아서 경전과 역사서를 줄줄이 외웠습니다. 무제武帝가 없어진 책을 구하면 헌납한 경우가 많았지요. 석거와 천록[48]에 자못 우리 선조의 공이 있답니다. 진晉나라 때 '견繭(누에고

치)' 이란 분은 왕우군[49]과 친해서 가격이 천하에 으뜸이지요. 당나라 때는 소릉[50]을 섬기다가 순장을 당하였는데, 사람들이 애석해하였습니다. 아버지와 할아버지 이후로 섬계[51]에서 살았습니다. 처음 모습을 받았을 때 이름을 '고[52]' 라고 하였고, 다시 혼돈의 기술을 닦았습니다. 비록 마음을 열어 씻고 정신을 씻어 버리더라도 본래 채색을 받아들일 자질은 아닙니다.[53] 어느덧 경박하다는 참소를 받아서 결국 장독을 덮는 처지가 되었습니다. 다시 거두어 주시길 감히 바라오니, 명공께서 살펴 주시기 바랍니다."

선비는 "예, 예." 라고 하였다.

모자 벗은 이가 손을 맞잡고 절하고 머리를 조아리며 말하였다.

"저는 포희[54]의 후손입니다. 선조께서 희생물을 잡아서 처음으로 천지에 제사를 지낼 때, 터럭을 뽑아 사용한 공로로 '모毛(터럭)' 라는 성을 얻었습니다. 세상에서 말하기를, 포희씨 시대에 터럭을 태워 먹었다고 하는데, 그렇지 않습니다. 모씨는 대대로 사관[55]이 되어 붓을 꽂고 사건을 기록하였는데, 자신을 드러내지 않은 경우가 많습니다. 공자께서 『춘추』를 지으실 때에 자유와 자하[56]도 도울 수 없었는데 모공毛公이 결국 연차[57]를 정하였습니다. 당나라 한유가 말하기를, '공자에게 절교를 당하였다.[58]'고 한 것은 우리 조상을 모함한 것입니다. 전국시대에 '모수[59]' 는 주머니에 거처하기를 청하였고, 한나라 때 모장[60]은 『시전詩傳』을 저술하였습니다. 이들은 우리 가문인데, 한유가 자신의 글 솜씨를 믿고 없는 말을 지어 견강부회하여 모씨 종파를 어지럽힌 것입니다. 소위 '모영[61]' 이란 어떤 사람입니까? 유우씨[62]가 남쪽으로 순수[63]하다가 창오[64]에서 죽자, 두 왕비가 따라가다가 피눈물을 흘리며 미치지 못하고 상강湘江에 빠져 죽었습니다. 두 왕비의 후손이 초나라 땅에 흩어져서는 관씨[65]가 되었지요. 15대 할아버지께서 취하여 아내로 삼았으니 이후로 관씨가 아니면 결혼하지 않았습니다. '반드시 제나라의 강씨라네.[66]' 라고 말하는 것과 같습니다. 한유가, '관성에 봉했다.[67]' 라고 한 것 역시 와전된 것입니다. 우리 할아버지께서 중서성[68]에 들어가셨을 때 아버지는 지제고[69]가 되었습니다. 저는 젊고 의기가 날카롭다고 하여 할아버지께서 이름을 지으시고 아버지께서 자字를 지으셔서, 이름은 '예[70]' 이고 자는 '퇴지[71]' 라고 하셨습니다. 저에게 이름을 돌아보아 의미를 생각하게 하신 거죠. 지금은 늙고 둔해져서 어릴 적 뜻은 꺾이고, 짧은 머리와 벗어진 모자로 옆 사람 보기가 부끄럽답니다. 무덤을 만들어 주시면 영광이겠습니다. 책상에 올리는 시를 바치지는 않겠습니다. 명공께서 무정하게 대하시렵니까?'

선비는 네 사람의 말에 비록 "예, 예." 라고는 했지만 끝내 그 뜻을 알 수가 없었다. 네 사람에게 말하였다.

"오늘 밤 만남은 하늘이 실로 도운 것입니다. 별들이 회전하고 새벽 달이 지려하니 느긋이 남은 회포를 펴지 못할까 걱정입니다. 아까 방 안에서 여러분이 각자 글을 지으시던데 이어서 할 수 있는지 모르겠습니다."

네 사람이 말하였다.

"감히 말씀대로 하지 않겠습니까?"

치의 입은 이가 시를 지었다.

빗긴 구름 머나먼 달이 아름다움 다투고
온 세상 누가 옛 견씨를 가엾게 여길까
웃지 마라, 돌창자[72)가 지금은 사라진 것을
보았노라, 한유가 명을 짓던 봄을.[73)

검은 옷 입은 이가 시를 지었다.

현상을 다 찢으려고 흰 토끼 걱정하고[74)
모양을 변화한 창힐이 글자를 배울 때,
정수리 갈아서 널리 구제할 수 있다 해도
양주[75)를 위해 머리 하나 양보하지 않으리.

모자 벗은 이가 읊었다.

시와 서書를 전한 세월은 길이 흘러서
젊은 얼굴 머물지 않고 머리는 희네
풍요로운 옛일을 주관할 이 없으니
술동이 앞에 싸움터 만들기 어려워라.

흰옷 입은 이가 읊었다.

유구한 서적들은 거의 연기가 되어서

백천 가지 결점이나마 내게서 전하니

높고 큰 석거는 한마[76]를 모았고

달 밝은데 섬계 뱃놀이 저버렸네.[77]

선비가 세 번 읊조리더니 모두 훌륭하다고 하고는 답시를 지었다.

백 년의 사귐을 누구에게 의탁할까

우연히 산속 네 노인을 알게 되네

맑은 밤의 대화를 후일에 기록하여

서재 상자의 보물로 남겨 두리라.

네 사람이 사례하거나 절을 하고 말하였다.

"알아주셔서 감사합니다. 멀리 내치지 마시기 바랍니다."

드디어 떠나겠다고 하고는 뒷걸음치더니, 보이지 않았다. 선비는 홀로 방안에 누워 잠들지 못하였다. 만났던 일을 생각하다가 바야흐로 깨닫게 되었다. 해는 이미 창을 비추고 있었다. 시동이 괴상히 여겨, 와서 물었다.

"오늘은 어찌 늦게 일어나십니까?"

선비가 대답하였다.

"달이 너무 밝아서 회포를 풀고 읊조리다가 아침잠이 깊이 들었다. 네 어찌 모르고서 묻느냐?"

그러고는 일어나서 방안의 붓과 벼루와 종이와 묵을 살펴보았다. 예전에 넣어 둔 벼루는 바람벽 흙에 깨어져 있고, 붓 한 자루는 아롱진 대나무로 대롱을 만들었는데 뚜껑이 달아나고 글씨를 쓸 수 없게 닳았고, 묵 하나는 닳아서 조금 남아 있다. 며칠 전에 시동이 말하기를, 이곳에 투박한 닥종이가 있는데 장독을 덮는 데 쓰겠다고 하기에 그러라고 했었다. 그래서 시동을 불러 닥종이를 가져오게 하여 보니, 종이가 깨끗하고 두꺼웠다. 이에 명확하게 깨닫고서 닥종이로 세 가지 물건을 싸서 땅에다 묻고 글을 지어 제사 지냈다.

유세차[78] 모년 모월 모일에 고양씨의 후손 아무개는 삼가 맑은 술과 여러 음식을 갖추어 감배씨의 후손 견지와 수인씨의 후손 진옥과 구망씨의 후손 혼돈고와 포희씨의 후손 모예, 네 친구의 신령에게 공경히 제사 지냅니다.

아아! 하늘이 성명[79]을 부여함에 사물 법칙을 함께하니, 윤리에 오륜[80]이 있고 덕에는 오덕[81]이 있습니다. 친구는 음양과 오행의 하나로서, 저녁에 죽어도 좋으나 신의가 없으면 안 됩니다. 아득하게 신의가 쇠퇴하니 큰 도가 막혀 버렸습니다. 생사와 귀천은 구름과 비처럼 가벼워서, 이유 없이 합하는 것을 장주[82]가 기롱하였고, 이해가 없어지면 멀어지는 것을 현인들이 슬퍼하였습니다. 누가 마음을 함께하고 누가 소리를 같이 할까? 산 나무는 푸르고 골짜기 새는 지저귀는데, 아! 내 방에 외로운 그림자만 흔들리더니, 연이은 네 벗이 부르지도 않았는데 모였습니다. 좋은 밤 밝은 달에 맑은 이야기 읊조리니 세속과 가깝지 않았습니다. 고양씨에서 시작하여 감배씨, 수인씨, 포희씨, 구망씨, 『본초』의 신농씨, 글자 만든 창힐, 순임금의 물가, 고공단보의 저沮와 칠漆, 『춘추』의 절필, 전국시대의 모수자천毛遂自薦, 석거각과 천록각, 한 무제와 당명황[83] 등이 이리저리 뒤섞여 거론되지 않음이 없었습니다. 아득하고 넓으니 무엇을 징험하고 무엇을 근거로 하였는지. 풍류 있는 기이한 만남은 실로 명철한 정성에서 나온 것입니다. 형체 없는 형체이니 형체 없는 것을 형체로 드러내었고, 경계 없는 경계이니 경계 없는 것을 경계로 드러내었습니다.[84] 백 년의 사귐에 거듭 세상을 논하니, 살아서 막역하고 죽어서 무덤을 같이하는군요. 하물며 사람이 사물만 못할까? 낭랑한 이별의 말, 감히 부탁을 잊으리오? 내 무엇을 상심하리오? 그대들 묻으니, 어둡지 않은 영혼이 있으면 짧은 글이나마 느끼시라.

이 밤 꿈에 네 사람이 와서 사례하였다.

"공의 수명은 지금부터 40여 년 남았습니다. 이것으로 보답합니다."

그 후에는 이러한 괴이한 일이 결코 없었다고 한다.

1) 스산하게~있고. | 송옥(宋玉)은 중국 전국(戰國)시대 초(楚)의 사부(辭賦) 작가. 그의 「구변(九辯)」은 가난한 선비가 관직을 잃고 불평하는 비분을 토로하는 내용인데, 첫 구는 소슬한 가을 경치와 임을 떠나보내는 애수를 결합시켜, 후인들의 추앙을 받았다. 첫 구의 첫 구절은 "슬프다, 가을이여(悲哉秋之爲氣也)!"라고 하였다.

2) 이백이~있었다. | 이백(李白)은 당나라 시인. 그의 시에는 '달'이 자주 등장한다. 「월하독작(月下獨酌)」에는 "잔을 들어 밝은 달을 부르니, 그림자를 대하여 세 사람이라." 하였다. 이 구절은 바로 이어지는 주인공의 시에 응용된다.

3) 봉루(鳳樓) | 아름다운 누각. 궁중의 누각.

4) 삼경(三更) | 밤 11시에서 새벽 1시.

5) 치의에 현관 | 치의(緇衣)는 '승복(僧服)'이나 '검은 옷'을 가리키는데, 본문에 나오는 '검은 옷[黑衣]'과 구별하기 위해 그냥 '치의'라고 하고, 현관(玄冠)도 '검은 관'이란 뜻인데 뒤에 나오는 '흑모(黑帽)'와 구별하기 위해 그냥 '현관'이라고 표기한다.

6) 윤건(綸巾) | 비단으로 만든 두건.

7) 사(祀)와~있겠지? | 『장자(莊子)』 「대종사(大宗師)」에 나오는 글. "자사와 자여와 자리와 자래 네 사람이 말하였다. 「누가 능히 없음을 머리로, 삶을 척추로, 죽음을 꽁무니로 삼을 수 있는가? 생사존망이 하나라는 것을 누가 알겠는가?」 네 사람은 서로 보고 웃으며 마음에 걸림이 없어서 친구가 되었다."

8) 원진(元稹) | 779~831년. 당나라 시인. 그의 시풍은 평이하고 백거이와 비슷한 까닭에 사람들은 '원화체(元和體)'라고 부른다. 또한 그의 「앵앵전(鶯鶯傳)」은 전기(傳奇)의 대표적인 작품으로 꼽힌다.

9) 남관초수(南冠楚囚) | '남쪽의 관을 쓴 초나라 죄수'로서 운공종의(隕公鍾儀)를 가리킨다. 『춘추』 성공(成公) 7년에 초(楚)가 정(鄭)을 치자, 제후들이 정(鄭)을 구하고 초나라 운공종의를 잡아 진(晉)에 보냈다. 이후 성공 9년에 진후(晉侯)가 군부(軍府)를 돌아보다가 종의를 발견하고, "남쪽 관을 쓰고 잡혀 있는 자는 누구냐?"고 물었다. "정나라 사람이 바친 초나라 죄수입니다." 하자, 풀어 주라고 하였다. 불러서 위문하고 친족을 물으니, 악관(樂官)이라고 하였다. 음악을 할 줄 아냐고 했더니, 그렇다고 하여, 금(琴)을 주니 남쪽 음악을 연주하였다. 군왕에 대해 물으니, 경(卿)과 노인을 존경한다고 하였다. 진후가 범문자(范文子)에게 말하자, 범문자는 군자라고 평가하고 돌려내 진(晉)과 초(楚)의 화합을 이루라고 권하여, 돌려보냈다. 이 사건은 후에 『세설신어(世說新語)』 「언어」에 인용된다. 위진남북조 때 진(晉)이 쇠퇴해지는 동진(東晉) 원제(元帝) 때 여러 사람이 모여서 한탄하며 눈물을 흘리자, 승상 왕도(王導)가 말하기를, "왕실을 위해 함께 힘을 다하여 중국을 회복해야지 어찌 초나라 죄수의 마주대함에 이르는가?" 하였다.

10) 구망(句芒) | 산림에 관한 일을 맡아보는 관리. 봄에 나무를 주관하는 신.

11) 소현(素絢) | '회사후소(繪事後素)'의 줄임말. 채색은 바탕을 희게 한 다음 한다는 말로, 바탕 자질이 갖추어진 다음에 수식을 가할 수 있다는 의미.

12) '자른 듯~문지른 듯' | 공자 제자 자공(子貢)이, 배움에 얻은 것이 있어도 자족하지 않고 정진한다는 의미로 『시경』 「기욱(淇奧)」의 이 구절(如切如磋如琢如磨)을 언급하니, 공자께서 자공이 드디어 함께 시를 말할 만하다고 하였다.

13) 금섬(金蟾) | '섬(蟾)'은 두꺼비, 달빛, 연적(硯滴)의 의미를 갖는다. 시에서 세 가지 모두 해석 가

능하다.

14) 상월(霜月) | 서리 내린 밤의 차가워 보이는 달.

15) 물괴(物怪) | 물건이나 동물이 변한 귀신이나 도깨비 등을 가리킴.

16) '너무~것이다.' | 『시경』「실솔(蟋蟀)」의 첫 장.

17) 그대를~적다오. | 한유(韓愈)의 「송궁문(送窮文)」을 패러디함. 송궁문이란 자신을 궁박하게 한 귀신을 내보내려고 했다가 그만두었다는 글이다.

18) 노성(奴星) | 한유(韓愈)의 종 이름.

19) 고양씨(高陽氏) | 전욱(顓頊). 중국 고대 황제(黃帝)의 손자.

20) 형설(螢雪) | 형설지공(螢雪之功). 진(晉)나라 차윤(車胤)이 반딧불을 모아 공부하고, 손강(孫康) 이 눈빛에 공부하였다는 말.

21) 꿈에~없답니다. | 주공(周公)은 주(周)나라 문왕(文王)의 아들이자 무왕(武王)의 동생. 문왕과 무 왕을 도와 주(紂)를 치고 성왕(成王)을 도와 주나라 제도와 예악을 정비함. 공자는 주공의 도를 행 하고자 하였는데, 늙어서 그 도를 행하지 못하게 되자 '꿈에 주공을 보지 못한다.'고 한탄하였다.

22) 우리는~되었습니다. | 『장자』에 나오는 말. 자래(子來)가 병들어 죽게 되자, 자리(子犁)가 병문 안을 와서는, 조물주가 그대를 무엇으로 만들려는 것일까 하였다. 그러자 자래는 말하길, '대장 장이가 쇠를 주조하는데, 쇠가 뛰면서 말하길, 나는 반드시 명검이 될 테야 한다면 대장장이가 상서롭지 못한 쇠라고 할 것이요, 천지로 큰 화로를 삼고 조화(造化)로 대장장이를 삼는다면 어 디를 간들 상관이 없다.'고 하였다.

23) 감배씨(堪坏氏) | 신의 이름. 『장자』「대종사(大宗師)」에 배감(坏堪)이 도(道)를 얻어 곤륜(崑崙) 으로 들어갔다고 함.

24) 도씨(陶氏) | '질그릇'이라는 의미.

25) 「우전(虞典)」 | 『서경(書經)』의 「우서(虞書)」를 가리키는 듯함. 우서에는 순임금에 대한 기록인 「순전(舜典)」 등이 있음.

26) 후손들이~지었지요. | 저(沮)와 칠(漆)은 빈(豳) 땅에 있는 물 이름. 주나라 문왕(文王)의 조부 고 공단보(古公亶父)는 빈 땅에서 살 때 구들부엌인 도(陶)와 토실(土室)인 혈(穴)에서 살다가 적인 (狄人)의 난리를 피하여 서쪽으로 기주(岐周)로 와서는 집을 지었다. 『시경』「면(綿)」에 나옴.

27) 태서(泰誓) | 주나라 무왕이 주(紂)를 정벌하면서 맹세한 말을 기록한 『서경』의 편명.

28) 와씨(瓦氏) | '기와'라는 의미. 와연(瓦硯)을 가리키는 듯함. 한(漢)나라와 위(魏)나라 미앙궁(未 央宮)과 동작대(東雀臺) 등의 전와(殿瓦)는 몸체가 반통(半筒) 같은데 등이 평평해서 묵을 갈 수 있었다. 당(唐)나라와 송나라 이후 몸체를 제거하고 벼루로 삼았다. 와두연(瓦頭硯)이라고도 함.

29) 정원(貞元) | 당나라 덕종(德宗, 785~804년)의 연호.

30) 이관(李觀) | ?~784년. 낙양(洛陽) 사람. 주차(朱泚)의 난을 피하여 덕종을 호종(扈從)하였다.

31) 지손(支孫) | 갈라져 나온 자손.

32) 지기(知己) | 자기 능력이나 성품 등을 알아주는 사람.

33) 사문(斯文) | 유학(儒學).

34) 수인씨(燧人氏) | 불을 발명하였다는 신.

35) 신농씨(神農氏) | 농업과 의료와 악사(樂士)의 신.

36) 『본초(本草)』 | 『신농본초경(神農本草經)』. 명약(名藥)들을 풀에 따라 분류한 것이 많아서 '본

초’라고 함. 후에 명나라 이시진(李時珍)이 여러 설을 모아서 『본초강목(本草綱目)』을 편찬함.

37) 창힐(蒼黠) | 황제(黃帝)의 신하. 새의 발자국에 착상하여 문자를 만듦.

38) 『사기(史記)』 | 한(漢)나라 사마천(司馬遷)이 지은 역사서.

39) 문한(文翰) | 문필(文筆)에 관한 일.

40) 노담(老聃) | 노자(老子). 이이(李耳). 주나라 때 철학자. 자는 백양(伯陽). 시호는 담(聃). 도가(道家)의 시조.

41) 주하사(柱下史) | 도서(圖書)의 관리를 맡아보는 관리.

42) 적(翟) | 묵적(墨翟). 전국(戰國)시대 노(魯)나라 사람. 겸애설(兼愛說)을 주장함.

43) 현조(玄祖) | 5대조 할아버지.

44) 선대부(先大夫) | 돌아가신 아버지.

45) 몸에 옻칠하는 보답 | 전국시대 진(晉)나라 예양(豫讓)은 지백(智伯)을 섬겼다. 지백이 조양자(趙襄子)에게 죽자 원수를 갚으려고 몸에 옻칠을 하여 문둥병 환자처럼 행세를 하고 접근하였으나 뜻을 이루지 못하고 죽임을 당하였다.

46) 구망씨(句芒氏) | 봄에 나무를 주관하는 신.

47) 혼돈의 기술 | 종이를 만드는 과정을 가리킴. 닥나무 등을 삶아서 휘젓는 과정.

48) 석거(石渠)와 천록(天祿) | 석거각(石渠閣)과 천록각(天祿閣). 한(漢)나라 때 소하(蕭何)가 세운 장서각(藏書閣).

49) 왕우군(王右軍) | 왕희지(王羲之). 303~361년. 진(晉)나라 낭아(琅邪) 임기(臨沂) 사람. 자는 일소(逸少). 우군장군(右軍將軍)을 지냈기에 '왕우군'이라고 칭함. 글씨에 능했는데 당 태종이 왕희지와 아들 왕헌지(王獻之)의 글씨를 좋아하여 더욱 유행하였다.

50) 소릉(昭陵) | 당 태종의 묘.

51) 섬계(剡溪) | 물 이름. 이 부근에서 나는 등나무로 만든 종이를 '섬계등(剡溪藤)'이라고 함.

52) 고(藁) | 짚, 초고, 원고 등의 의미임.

53) 본래~아닙니다. | 닥종이는 채색을 할 일이 없으므로 이런 말을 한 것임. 채색지는 시를 적는 데 사용한다. 채색을 경박하다고 해석하여 다음 언급이 이어짐.

54) 포희(庖羲) | '복희(伏羲)'라고도 함. 팔괘(八卦)를 만들고, 물고기 잡고 가축 기르는 법을 가르쳐서 부엌[庖]을 채우게 하였다.

55) 사관(史官) | 역사서를 집필하는 관리.

56) 자유(子游)와 자하(子夏) | 공자의 제자. 문학에 뛰어났다.

57) 연차(年次) | 햇수의 차례. 『춘추』는 편년체로 구성되어 있다.

58) 공자에게 절교를 당하였다. | 한유(韓愈)가 붓을 의인화하여 쓴 가전(假傳) 「모영전(毛穎傳)」에 나오는 구절.

59) 모수(毛遂) | '모수자천(毛遂自薦)'으로 유명한 인물. 중국 전국(戰國)시대에 조(趙)나라 평원군(平原君)이 초나라에 구원을 청하기 위하여 사신을 물색할 때 자신을 추천하였다. 평원군이 이르기를, 훌륭한 인물은 송곳이 주머니에 있을 때 끝이 밖으로 나오듯이 평판이 있는 법인데 당신은 평판이 없지 않은가 하였더니, 모수는 일단 주머니에 처하게 하면 끝이 아니라 자루까지 나올 것이라고 하였다. 그는 결국 큰 공을 세웠다.

60) 모장(毛萇) | 한(漢)나라 때 학자. 『시경』을 주석한 인물.

61) 모영(毛穎) | 「모영전(毛穎傳)」에 나오는, 붓을 의인화한 인물.

62) 유우씨(有虞氏) | 순임금. 요임금에게 선위(禪位)를 받기 전에 우(虞)에 나라를 세웠다.

63) 순수(巡狩) | 임금이 나라 안을 살피며 다님.

64) 창오(蒼梧) | 산 이름. '구의(九疑)'라고도 함.

65) 관씨(管氏) | '붓대롱'이라는 의미. 두 왕비가 죽은 후 솟아났다는 '소상반죽(瀟湘斑竹, 아롱진 대나무)'을 가리킴.

66) 반드시 제나라의 강씨라네. | 『시경』「형문(衡門)」에 나오는 구절. 강씨(姜氏)는 제나라 귀족이다.

67) 관성(管城)에 봉했다. | 「모영전(毛穎傳)」에 나오는 구절.

68) 중서성(中書省) | 일반 행정을 심의하는 중앙관아.

69) 지제고(知制誥) | 왕의 조서(詔書)나 교서(敎書) 따위의 글을 지어 바치는 일을 하는 벼슬.

70) 예(銳) | '날카롭다'는 뜻.

71) 퇴지(退之) | '물러나다'는 뜻. 한유(韓愈)의 자이기도 함.

72) 돌창재[石腸] | 『구당서(舊唐書)』에서 장수 곽자의(郭子儀)의 굳은 마음을 표현하는 말로 쓰였는데, 여기서는 벼루의 중심부를 가리킨다.

73) 한유가 명(銘)을 짓던 봄을. | 한유는 「전중소감마군묘명(殿中少監馬君墓銘)」에서 3대(祖子孫)의 죽음을 목격한 일을 서술함.

74) 현상(玄霜)을~걱정하고 | 현상은 도교에서 말하는 선약(仙藥). 당(唐) 전기집(傳奇集)인 『전기(傳奇)』의 「배항(裴航)」에 현상을 찧을 흰 토끼가 나옴.

75) 양주(楊朱) | 전국시대 위(魏)나라 사람. 자신에 대한 사랑을 중요시하여, 터럭 하나를 뽑아서 세상을 이롭게 한다고 해도 하지 않겠다고 함. 묵자(墨子)의 겸애설과 대비됨.

76) 한마(汗馬) | 한혈마(汗血馬). 명마(名馬). 재주가 있는 사람.

77) 달~저버렸네. | 왕자유(王子獻)가 눈 오는 밤에 잠이 깨어 대안도(戴安道)가 섬계(剡溪)에 있는 것을 기억하고는 배를 타고 갔다가 그냥 돌아왔다. 그 이유를 묻자, 흥이 나서 갔다가 흥이 다하여 돌아오니, 꼭 대안도를 봐야 하는가라고 하였다. 이후 '섬계의 배'는 은거 자적하면서 친구를 방문함을 뜻한다.

78) 유세차(維歲次) | '이 해의 차례는'이라는 뜻으로, 제문(祭文)의 첫머리에 으레 쓰는 말.

79) 성명(性命) | 성품과 천명.

80) 오륜(五倫) | 다섯 가지 도리. 부자유친(父子有親), 군신유의(君臣有義), 부부유별(夫婦有別), 장유유서(長幼有序), 붕우유신(朋友有信).

81) 오덕(五德) | 온화, 양순, 공손, 검소, 겸양.

82) 장주(莊周) | 전국(戰國)시대 학자. 『장자』를 지음. 「산목(山木)」편에서 "이유 없이 합하면 이유 없이 헤어진다."고 하였다.

83) 당명황(唐明皇) | 당나라 현종(玄宗).

84) 형체~드러내었습니다. | '형체 없는 형체'와 '경계[際] 없는 경계'란 문방사우가 변하여 인간의 모습으로 나타난 것을 말함이고, 형체 없는 것을 형체로 드러내고 경계 없는 것을 경계로 드러냄이란 본문에서 이야기된 문방사우의 쓰임새와 버려짐 따위를 형상화하였다는 뜻이다.

최생우진기崔生遇眞記

최생이 신선을 만난 이야기

진주부[1] 서쪽에 산이 있어, '두타[2]'라고 하는데 산세가 북쪽으로 금강산을 당기고, 남쪽으로 태백산에 이어진다. 둥근 하늘로 높이 솟아 하늘 가운데를 갈라서 영동의 경계가 된다. 서산의 높이는 얼마나 되는지 알 수 없다.

그 사이에 골짜기가 있고, 골짜기에 못이 있는데 그 깊이를 알 수 없다. 못 위에는 검은 학의 둥지가 있는데 언제부터 있었는지 알 수 없다. '학소동[3]'이라 하기도 하고, '용추동[4]'이라 하기도 한다. 세상에서는 진경[5]이라고 여겼는데, 그 근원을 찾아본 사람은 없었다.

임영[6]에 최생이란 이가 있어, 대범하게 이익을 멀리하고 산수를 유람하기 좋아하니, 사람들이 우활[7]하다고 비웃었다. 일찍이 선禪을 배우는 '증공[8]'과 함께 두타산의 무주암[9]에 오래 머물렀다. 최생이 하루는 청낭비결[10]을 읽다가 마치고는 일어나서 창을 열었다. 가을 하늘이 명랑하고 산 나무가 울창하여 표연히 멀리 떠날 생각이 나서, 증공에게 말하였다.

"내가 이곳에서 나고 자라 이 산을 익숙하게 다녔으니 가 보지 않은 곳이 용추동뿐이오. 누가 나를 따라 같이 갈 수 있을까요?"

증공이 웃으며 말하였다.

"대단하군요, 그대의 우활함은. 그대가 어찌 그 골짜기를 갈 수 있겠습니까? 제가 이 산에 들어온 지 21년이라. 골짜기의 신비로움을 듣고, 신선이 있을 것이라고 생각하여 가 보고 싶은 생각이 있었지요. 바위 구멍과 벼랑 틈이나 물이 흐르는 곳은 탐색하지 않은 곳이 없는데 그곳은 사면이 험준하여 다가갈 길이 없습니다. 다만 골짜기 동북쪽 두 벼랑 사이에 조금 들어간 곳이 있어서 기어올랐더니 벼랑이 끊어지고 앞에 몇 사람 앉을 만한 널찍한 바위가 있더군요. 발을 디디면 기울어져서, 설령 위태로운 바위를 디딜 수 있는 백혼무인[11]이라도 이것을 밟기는 어려울 겁니다. 그 바위를 디딜 수 있으면 골짜기를 엿볼 수 있겠지요. 제가 부처님의 힘을 믿고 재빠르게 한 발자국 딛고 골짜기 입구를 굽어보니, 망망하게 사물은 보이지 않고 용추는 푸르고 학이 아득히 날고 있더군요. 머리가 어질하고 담이 떨려서 엎드려 물러났답니다. 그대가 이 바위를 밟을 수 있다면 좋지요. 하지만 어찌 그 골짜기를 갈 수 있겠습니까?"

최생이 혼연히 말하였다.

"선사와 가서 보고 싶소이다. 나를 인도해 주시지 않겠소?"

증공이 말렸다.

"위험하고 위험합니다. 가다니요, 위험합니다."

칠십이

최생이 말하였다.

"가 봅시다. 떨어지지 않아요. 선사와 한번 가 보고 싶습니다."

증공이 말렸으나 막지 못했다. 드디어 지팡이를 짚고 앞장섰다. 벼랑 아래에 이르자 최생이 몸을 떨쳐 뛰어오르니 날개가 있는 것 같았다. 증공을 돌아보고 말하였다.

"이 바위를 밟는 것은 평탄한 길을 밟는 것 같습니다. 선사께서 나를 속이셨군요. 선사와 함께 나아가려고 하는데 괜찮습니까?"

증공이 얼굴을 가리고 벼랑에 엎드려 땀이 온몸을 적신 채 말하였다.

"저는 경험해 보았습니다."

최생이 홀로 바위 위에 섰는 데 그의 기세가 변하지 않았다. 어떤 곳을 가리켜 학 둥지가 있다고 하고 어느 곳에 용추가 있다고 말하는데, 미처 말이 끝나기도 전에 갑자기 몸이 번드치며 떨어졌다. 증공이 놀라서 소리쳐 불렀으나 메아리만 들리고 높다란 푸른 절벽에는 아무 소리도 들리지 않았다. 통곡을 하며 돌이켜 절에 이르니,

노승이 등불을 켜고 앉았다가 증공을 보고 말하였다.

"최군은 어디 갔느냐?"

증공이 속여서 대답하였다.

"속세인이 풍정을 어쩌지 못하여 산 아래를 왕래하더니, 정녕 기생에게 붙잡혔나 봅니다."

그러고는 승방에 들어가 두렵기도 하고 걱정도 되어 밤새 염불만 하였다.

시간이 지나자 사찰의 승려들은 모두 증공이 최생을 밀쳐서 죽였다고 의심하였다. 최생의 집안에서도 찾아오지 않은 지 이미 몇 달이 되었다. 하루는 가는 싸라기눈이 막 개어서 달이 밝을 때 홀연 급하게 문 두드리며 '증공! 증공!' 하고 부르는 소리가 들렸다. 최생의 목소리였다. 증공이 후다닥 나가서 문을 열어 보니 과연 최생이었다. 증공이 급히 손을 잡고 말하였다.

"당신이 내 말을 듣지 않고 나를 이처럼 곤란하게 하는군요. 그러나 저러나 최생의 혼령이 온 것은 아닌가요?"

최생이 웃으며 등쪽을 가리키니, 검은 학 한 쌍이 빙 돌며 날아가고 있었다. 증공이 방안으로 데리고 들어가서 촛불을 켜고 마주 앉았다. 기쁘기도 하고 이상하기도 하였다. 최생이 증공에게 말하였다.

"사찰 승려들이 나에 대해 물었을 텐데, 선사는 내가 어디 갔다고 하셨소?"

증공이 사실대로 대답하였다. 그러고는 옆방의 승려들을 불렀다.

"최군이 돌아왔습니다."

승려들이 와서 의아해하였다.

"그대는 꽤 늦게 돌아오셨습니다. 어디를 다녀오셨습니까? 우리는 증공 선사를 의심하였답니다. 사람이 이렇게 소식이 깜깜할 수 있습니까?"

최생은,

"진주성 밖에 갔다가 나쁜 인연을 만나서 나도 모르게 지체하게 되었습니다. 화상[12] 어른은 여전히 별고 없으시지요?"

하며 증공의 말에 맞추었다.

밤이 깊어 승려들이 물러가자 증공이 최생에게 물었다.

"골짜기에서 돌아오는 것입니까?"

"골짜기에서 왔지요."

"다치셨습니까?"

"다치지 않았습니다."

"그러면 굶주렸겠군요?"

"굶주리지 않았습니다."

"허! 이상하군요. 그대는 천 길 벼랑에서 떨어졌는데, 다치지 않았다 하고, 70일을 먹지 못하였는데 굶주리지 않았다고 하니, 필시 이상한 일이 있었군요. 저를 위해서 까닭을 말씀해 주시기 바랍니다."

최생이 웃으며 말하였다.

"처음엔 낙엽 쌓인 곳에 떨어져서 다치지 않았고, 이후 영험한 풀을 먹어서 배고프지 않았습니다. 그곳 산수의 즐거움을 어찌 말로 표현하겠습니까? 검은 학 한 쌍이 내려와서 용추 물을 마시기에 틈을 엿보다가 목을 안고 등에 올랐습니다. 학이 가는 대로 두니 사찰의 뜰에 이르렀습니다. 학이 또 땅 가까이 내려가기에 제가 떨어졌지요. 기이하지 않습니까?"

"그대의 말이 정말입니까? 저를 속이는 것 같습니다. 제가 그대와 같이한 지 몇 년 되었습니다만 저와 함께하지 않는 것이 있으니, 다시 보지 않으렵니다."

최생이 찡그리며 말하였다.

"매우 곤란하군요. 선사를 위해 숨기지 않을 테니 누설하지 않을 수 있습니까?"

증공이 머리를 조아리며 누설하지 않겠다고 하였다. 최생은 그제야 이야기를 시작하였다.

최생이 처음 아래로 떨어질 때 어지럽게 취한 듯 꿈을 꾸는 듯하며 두 귀에 바람소리만 들릴 뿐이었다. 계속 아래로 떨어지다가 바닥에 닿았는데 멍하니 정신이 없었다. 한참 뒤 깨어나서 하늘을 바라보니 함정 속에 있는 것 같았다. 사지를 움직여 보니 그다지 통증이 있지는 않았다. 발 하나가 땅에 박혔는데 허공에 늘어진 것 같았다. 땅을 짚고 일어나려고 보니까, 땅이 아니라 나무였다.

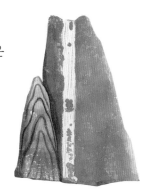

그 나무는 가지가 많고 향기가 났으며 나뭇잎은 부드럽고, 가는 가지들이 이어져서 평평한 담요 같았다. 잎들을 헤치고 굽어보니 그 아래는 온통 푸르른 물이었다. 한쪽이 조금 벼랑에 가까워서 조심조심 부여잡고 벼랑을 향해 나아갔다. 가 보니 벼랑은 깎아지른 듯한데 덩굴 한 줄기가 하늘하늘 드리워져 있었다. 몸을 구부린 채 부여잡고 어렵게 올라가 보니 온통 벼랑이고 발을 붙일 곳이 없었다. 최생은 이제 죽었다는 생각에 한숨을 쉬고 슬퍼하며 머뭇거리고 방황하였다. 문득 벼랑 아래 풀숲 사이에 구름이 뭉게뭉게 오르는 것이 보였다. 굴이 있나 의아해하며 덩굴을 잡고 살펴보니 정말 굴이 보였다. 그윽하고 깊었는데 오랜 세월 동안 낙엽이 쌓여 있었다.

최생은 왼발로 잎을 밟았는데 오른발을 헛디디는 바람에 떨어졌으나 다치지 않았다. 천천히 살펴보니 굴 안은 사람이나 말이 드나들 만했다. '이 굴로 나갈 수 있겠다. 어차피 죽을 바엔 죽더라도 굴 안으로 들어가는 것이 낫겠다.'고 마음먹었다. 그러고는 굴을 따라 들어갔다. 깜깜해서 주위를 구별할 수 없었는데, 걸음마다 금가루나 옥가루 부딪는 소리가 났다. 최생은 너무 피곤하였다. 길을 찾아 어둠 속을 가는데 갔다가는 돌아오곤 하며 대략 수십 리를 걸었다. 점차 밝아지면서 굴은 끝이 나고 홀연 한 줄기 맑은 냇물이 보였는데 깊이도 적당하였다. 물을 거슬러 올라가 보니 산이 하늘 높이 솟아 있었다. 하늘은 푸르러 대낮 같은데 낮은 아니었다. 산 아래 연기 낀 나무들이 우거져 마치 성처럼 보였다. 최생은 인간세상이 아니라고 생각하고 매우 기이하게 여겼다. 그리하여 냇물에서 세수를 하고 옷을 털고는 나아갔다. 성 아래에 이르니 성은 푸른 돌로 자연히 만들어진 것인데 웅장하고 옻칠을 한 것 같았다. 한쪽에 문이 있는데, '만화문[13]'이라 하였다. 문을 지키는 이들을 보니 교룡의 머리에 쑥 들어간 눈, 자라 갑옷에 상어 몸을 하였는데 창을 빗겨 잡고 마주 서 있었다. 최생은 두려워서 나아가지 못하였다. 그들은 냄새를 맡고는 혀를 놀렸다.

"가까이서 고기 냄새가 나는군."

최생은 어쩔 수 없어서 죽음을 무릅쓰고 나아가 섰다.

"임영의 최아무개가 너희들 왕을 뵙고자 한다. 너희는 어서 보고하도록 하라."

문지기가 말하였다.

"우리 왕은 연회 중이라 청령각[14]에서 손님을 맞고 계신다. 이 어떤 양계[15]의 인간이 감히 이름을 통한담?"

최생이 꾸짖었다.

"나도 너희 왕의 손님이다. 너희가 어찌 이리 무례하게 구느냐?"

문지기가 움츠러들었다. 그 중 한 명이 말하였다.

"보고하는 것이 좋겠다."

즉시 들어가서는 잠시 후 서둘러 나와 절하며 예의를 갖추었다.

"알자[16]가 나올 테니 잠시만 기다리십시오."

이윽고 검은 관을 쓰고 자줏빛 패옥을 찬 이가 나와 읍揖을 하고 인도하였다. 최생은 고개를 들고 소매를 펄럭이며 큰 걸음으로 나아갔다. 다섯 개의 문을 지나자 '조종전[17]'이라는 전각이 있는데 매우 크고 아름다웠다. 기둥은 황금이고 기초는 푸른 벽옥인데 가운데 백옥 책상이 있고 좌우에 주렴이 드리웠으며 비단 휘장이 펄럭이는 것이 황제가 있는 곳 같았다. 전각의 동쪽에 편문[18]이 있어서 들어가 보았다. 따로 누각이 있으니, 소위 '청령각'이었다. 아홉 가지 유리로 꾸며서 영롱하고 시원하였다. 그 안의 사람은 수정처럼 맑아서 거울 속에 있

는 것 같았다. 알자가 최생을 인도하여 계단 아래 서자, 여전자[19]가 말하였다.

"계단에 올라 인사드리시지요."

알자가 또 인도하여 계단에 올랐다. 왕은 동쪽 의자에 앉았는데, 능허관[20]을 쓰고 통천대[21]를 두르고 구름을 수놓은 청색 도포를 입었다. 규룡의 수염에 우뚝한 코로 체격이 웅대하고 눈빛이 번쩍였다. 최생은 자기도 모르게 물러나서 두 번 절을 하였다. 다시 세 명의 손님을 보니 서쪽 의자에 앉아 있었다. 한 명은 신선 옷을 입고 한 명은 도복을 입었으며 한 명은 나이든 선승禪僧이었다. 세 명의 모습이 고상하고 예스러웠다. 최생이 알자에게 묻자, 한 명은 골짜기 신선이요 한 명은 섬의 신선이요 한 명은 산의 신선이라고 하고 이름은 말하지 않았다. 여전자가 또 말하였다.

"자리에 앉으시지요."

따로 남쪽에 의자를 놓으니, 이것이 최생의 자리였다. 최생은 몸을 굽히고 종종 걸음으로 나아갔으나 의자에 감히 앉지 못하였다.

왕이 말하였다.

"현인은 양계에 거하시고 나는 물나라의 주인이니 관계없습니다. 어서 앉으시지요."

최생의 자리가 정해지자 왕이 최생을 위로하였다.

"고생스레 먼 곳을 오셨으니 배고프시지요?"

최생은 엎드려, "예, 예."라고 대답하였다. 왕

은 시종들에게 다른 손님처럼 음식을 드리라고 하였다. 가져온 것은 세상의 것이 아니었다. 몇 가지만 갖추었는데 이름을 알 수 없었다. 술이 오자 최생은 자리를 피해 절하고 마셨다. 목을 넘어가자 술 향기가 몸에 퍼져 기갈을 잊게 되었다. 잠시 후 도포를 입고 홀[22]을 지닌 이가 무릎을 꿇고 음악 연주를 청하였다. 왕이 고개를 끄덕이자 도포 입고 홀 지닌 그는 물러났다. 당 아래에 거무스름한 여섯 명이 여섯 지팡이를 가지고 숨기기도 하고 드러내기도 하면서 문명가[23]를 불렀다. 목을 늘여 노래하는데 씩씩하고 유연하였다. 가사는 이렇다.

> 홍수가 넘쳐흘러 백성이 곤란해지니
> 천제가 생각하여 우임금을 내시도다
> 땅이 평탄해지니 하늘도 이루어지고
> 낙서[24]가 나와서 문명을 밝게 하네
> 우리 왕의 덕 다시 천억 년 가리니
> 수많은 봉우리 아름다움을 표시하네.

노래가 끝나자 빙 돌아서 물러났다. 다시 갑옷 입은 병사 여덟 명이 각자 창을 지니고는 누르기도 하고 휘두르기도 하면서 무성무[25]를 추었다. 각자 긴 창을 세우고 눈을 부릅뜨고는 왼쪽 병사들은 왼쪽에다 소리치기를, "오늘 일은 여섯 걸음, 일곱 걸음을 넘지 말고 그쳐 정렬하라. 힘쓸지라, 그대들이여." 하고, 오른쪽 병사들은 오른쪽에다 소리치기를, "오늘 일은 여섯 번 침과 일곱 번 침을 넘지 말고 그쳐 정렬하라. 힘쓸지라, 그대들이여." 하였다. 그러고는 오른쪽은 오른쪽을 치고 왼쪽은 왼쪽을 공격하다가 창을 거꾸로 하여 달아나고, 갑옷과 칼날 소리가 울리더니, 노래가 끝나자 종횡으로 날뛰면서 나갔다. 왕이 웃으며 말하였다.

"우임금이 선위를 받고 무왕은 정벌을 하였으니, 그 노래와 춤의 기상이 이와 같도다. 그 음악을 듣고는 그 덕을 안다고 할 만하오."

세 손님이 서로 돌아보며 미소지었다.

"노魯나라 재상에게 이것을 보게 하면 제齊나라 배우를 나무라지 않겠습니까?"[26]

왕은 이에 최생에게 말하였다.

"과인[27]이 한쪽 귀퉁이에 치우쳐 살아서 선비의 풍모를 들어 보지 못하였소. 이제 음양에 유학, 불교, 도교, 신선이 모두 모였으니 모임의 성대함이 대단하오. 기이한 만남을 노래하는 것은 유자[28]가 앞장서야 하지 않겠소?"

"재주가 없으나 명을 받들겠습니다."

즉시 「용궁회진시」[29] 30운韻을 지었는데, 붓이 멈추지 않았다.

태극이 동정을 포함하니

음양이 서로 나눠 펴지네

양 밑에서 고요함 생겨나니

고요함 속에 양이 있으리

물은 하늘의 첫째요

용은 만물의 왕이로다

아스라이 높은 조종전은

만고에 깊숙이 처해 있네

운손[30]은 동정호의 주인이요

원파[31]는 전당강에 이어졌네

영험한 위엄은 사해에 빛나니

동해는 본래 넘실넘실 하여라

만대의 공업을 이루고

하늘의 강령을 지탱하네

날고 잠김이 헤아리기 어려우니

크고 작음이 어찌 일정하랴

팔십삼

우레 수레 굉음을 울리고

번개 불이 번쩍이며 달리네

망망한 하늘과 땅 사이

변화가 극히 넓고 크네

누가 미워 재앙을 보이며

누가 기뻐 상서를 보이나

괘를 그어 복희를 우러르고[32]

관을 이름하여 황제[33]를 돌아보네

9년의 홍수는 요임금이요[34]

7년의 가뭄은 탕임금이니[35]

천제의 명을 공경히 받들어

하나하나 백성을 위함이라

만년 억년이 지난 지금까지

양덕[36]은 더욱더 왕성하네

아, 나의 하찮은 자질로

멀리 세상 밖을 바라고

항상, 풍운을 일으켜

몸을 빼어 날고 싶더니

신선 땅을 우연히 엿보다가

천 길 낭떠러지에 떨어졌네

어찌 알리, 굴 안에 살 길 있어

해와 달 같은 분을 뵈올 줄

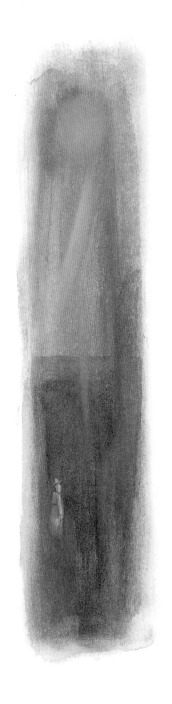

여러 신선이 신령하게 모이니

둥근 패옥[37]이 맑게 울리고

둥둥 우레 북을 치고

왜왜 봉황이 노래하네

쟁반엔 천제의 진미요

자리엔 요지[38] 술잔이라

심오한 이야기, 옥을 흩뿌리듯

하늘 꽃 향기를 흩날리듯 하네

귀에 오묘한 비결이 들리고

소매에 신령한 바람 부네

바라건대, 이 모임을 따라

높이 대지를 벗어나길

봉래산과 단구[39]는

물과 하늘 신선의 마을이라

왕이 앞서고 나는 뒤요

세 신선이 옆에 있네

천만 세계를 떠돌며

상전벽해를 보았네

돌아가 하루살이 위로하리니

세상은 어찌 그리 망망한가

피리 불며 학을 타고

대낮에 옥황상제를 뵈오리.

좌우에서 돌려보며 감탄하였다. 왕이 '9년 홍수'와 '7년 가뭄' 구절을 다시 음미하고는 골짜기 신선에게 말하였다.

"최생은 이치에 통달한 이라고 할 수 있습니다. 그렇지 않소? 임금에게 아첨하는 세상 유자들은 홍수와 가뭄을 운명이라고 치부하는데, 홍수와 가뭄을 운명이라고 하고 할 일을 하지 않았다면 요임금과 탕임금에게 무슨 귀한 게 있겠소? 요임금과 탕임금이 홍수와 가뭄을 막을 수 있다면 운명을 왜 걱정하겠소? 고로 정치와 가르침이 아름답고 밝지만, 굳센 양(가뭄)과 어그러진 음(홍수)이 있으니, 이는 요임금과 탕임금을 힘쓰게 한 것입니다. 하는 짓이 어두운데, 물이 마르고 산이 무너짐이 있으니, 이는 유왕과 여왕[40]을 훈계한 것입니다. 이것은 모두 천제天帝의 인자함에서 나온 것으로, 과인이 삼가 정성을 다하는 바입니다. 당시 왕이 살피지 못하여 하늘을 버리니 매우 슬프다 하지 않겠소? 세상 가르침이 쇠퇴하고 도덕이 약해지고 하도낙서河圖洛書가 사라진 지 오래되었소. 음양오행의 감응이 어찌 순조롭겠소? 백성의 삶이 애처롭소이다."

골짜기 신선이 한참 한탄하다가 말했다.

"저는 이 때문에 세상을 굽어보고 싶지 않답니다. 목청[41] 옆에 거처한 지 이미 삼백 년입니다. 이에 우연히 영위[42]의 시를 음미하다가 고향 생각이 나서 고향을 한번 방문하였지요. 울적하게 말없이 배회하면서 끝없는 탄식만 하였습니다. 신선을 배워 세상을 뛰어넘는 것이 즐겁다고 누가 말했습니까?"

그러고는 탄식하면서 붓을 잡고 30운 율시를 적었다. 풍우가 몰아치듯 단번에 글을 완성하였다.

운명이 다한 천 년의 끝[43]

이름이 사해에 전해진 때

관하[44]는 세월에 슬프고

변방은 풍진에 어둡네

격문[45] 지어 적을 놀래키고

뗏목 타고 몇 차례 나루를 물었나

주지승에게 정이 끌리고

낙신[46]에게 패옥을 남겼네

고국에 돌아가고 싶어서

묘책을 대신에게 맡겼어라

가야의 남은 옛 사업은

구름과 물처럼 변하고 이 몸은

학동[47]에서 단약[48]을 다렸고

봉래산에서 노래를 부르네

왠지 영교[49]가 생각 나서

훌쩍 회오리 수레를 탔네

나라 이름은 신라로 바뀌고

성 이름은 반월이라 하네

삼생에 서직을 슬퍼하여[50]

휘파람으로 백성을 위로하네

그저 정령위 느낌이 드는데

옥황상제 화낼까 염려되네

노닐면서 발해를 따르니

아득히 곤륜산을 그리네

옛 친구 삼천은 흩어지고

봉우리 팔만이 나열하네

정자 빈 총석정의 밤

멀리 울릉도의 봄이라

자주 불어 피리 부드럽고

많이 타니 학이 순하여라

영랑[51]을 오라고 부르고

이웃 늙은 선사도 부르네

달빛에 바둑이 끝나니

강의 심부름꾼 벌써 번거롭네

그리하여 용궁을 유람하다가

천인과 인사를 나누네

구름 전각은 바다에 임하고

파도 성곽은 혼륜[52]에 서 있네

성대한 잔치 자리에 참석하여

좋은 술을 손님에게 드리네

무무[53]엔 창을 자주 휘두르고

문가[54]엔 고개를 여러 번 펴네

우레는 타고[55]를 가엾어 하고

금자는 문륜을 비웃네[56]

이 엽서를 보내 주시면 '현암독서회원'이 되십니다. 회원에게는 새 책이 나오면 안내해 드리고 서점에서 판매하지 않는 재고도서와 한정판 발행도서를 특별가격으로 드립니다. 아울러 현암사에서 주최하는 모든 행사에 우선적으로 참여하실 수 있는 특전도 드립니다.

귀하가 구입하신 현암사 도서명

현암사 도서를 구독하신 동기
- ☐ 매스컴(신문 · 잡지 · 라디오 등)광고를 보고
- ☐ 누군가의 권유로
- ☐ 인터넷정보사이트를 보고
- ☐ 현암사 홈페이지
- ☐ 신간안내서나 서평을 보거나 듣고
- ☐ 서점에서 직접
- ☐ 인터넷서점
- ☐ 기타(   )

현암사 도서를 구입하신 경로
- ☐ 서점에서(구입 서점:)
- ☐ 현암사 홈페이지
- ☐ 전화주문으로   ☐ 인터넷서점
- ☐ 기타 인터넷정보사이트

책을 읽은 소감

현암사는 어떤 출판사라고 생각하십니까?

현암사가 앞으로 내주었으면 하는 책(어떤 종류 · 어떤 책)

현암사가 해주었으면 하는 행사

현암사 인터넷회원이십니까?   ☐ 예   ☐ 아니오

※인터넷회원으로 가입하시면 도서구입 시 마일리지 적립, 신간안내, 이벤트 시 우선 혜택 등 다양한 특전을 누리실 수 있습니다.

직업	생년월일	학력
관심분야	구독신문	구독잡지
전화번호	전자우편(e-mail)주소	

항상 양서출판을 기획하는 저희 현암사에서는 여러분의 귀한 말씀이
큰 보탬이 될 것으로 믿고 있습니다. 감사합니다.

보내는 사람

우편엽서

우편요금
수취인 후납부담
발송 유효 기간
2005. 1. 1. ~ 2007. 12. 31.
서울 마포 우체국
승인 제608호

☐☐☐ - ☐☐☐

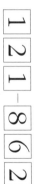

현암사 편집부 앞

서울특별시 마포구 아현3동 627-5
전화:(02) 365-5051
팩스:(02) 313-2729

1 2 1 - 8 6 2

피리 부는 진[57]을 대한 듯하더니

석장 짚은 진인과 같네[58]

요지의 잔치가 무르익으니

천제의 음악 비할 바 없네

세월은 천 년이나 흘렀건만

술잔은 이제야 한 번 도네

서생은 응당 명이 있으나

조물주는 본래 인자하니

다시 주머니 속 비결[59]을 배우고

석상진[60]을 자랑하지 마라

무궁화는 아름다움[61]을 내세우기 어려워

세상에서 수건만 더욱 적시네

비구름이 진경[62]에 나니

편지요 잉어로다[63]

10년 뒤 봉래섬에서 만날 약속

맑은 꿈이 가파른 산을 두르네.

쓰기를 마치자 왕에게 바쳤다. 왕이 보고 나서 웃으며 골짜기 신선에게 말하였다.

"공은 시를 잘 짓는다고 할 만하고 사람을 깨우치기도 잘한다고 할 만하구려."

골짜기 신선이 말하였다.

"최생은 저의 자손뻘이고 또한 쓸 만한 자질이 있어서 뒷부분에 언급한 것입니다."

왕이 섬 신선과 산 신선에게 부탁하였다.

"두 분께서 말 한마디 없어서야 되시겠소?"

섬 신선이 시를 지었다.

집은 망망한 벽해 가운데에 있어
수정으로 만든 전각이 영롱하도다
옥경[64]의 패옥 소리 달빛에 들리고
봉래섬 피리 소리 바람결에 퍼지네
골짜기 신선과 학을 타고 날아서
강의 심부름꾼을 따라 용궁을 방문하네
남생이 단사 글자를 잘못 써서[65]
헛 명성이 일어 동쪽에 가득하네.

산 신선이 시를 지었다.

불교 배웠다가 늦게야 신선 배우니
일생 종적이 끝없는 곳에 머무네
풍진이 변하여 삼국을 보노라니
용호[66]를 이룬 지 몇 년이런가
청학동에 머물러 게송[67]을 짓고

구십

백운암 아래 앉아 참선을 하였네

이제 또 청령각 모임에 참여하여

먼지 낀 만겁의 인연들을 씻노라.

왕이 모두 칭찬을 하고 말하였다.

"노래하고 화답함에 나만 그만둘 수 있겠소?"

그러고는 읊었다.

하늘은 푸르고 땅은 망망하네

사방 너른 바다 넓고 넓어서

우주를 품고 해 달을 옆에 끼니

기는 뒤섞여 사라질 때 없노라

나의 집은 무극[68]에 기반을 두니

오묘한 동정은 헤아리기 어렵네

풍운을 올라타며 음양을 기르고

우레 북을 쳐서 도깨비 몰아내네

가로는 위도요 세로는 경도라

천제의 공으로 백성을 보살피네

복희를 이끌어 팔괘를 긋게 하고

우임금에게 구주를 나열하라 했네[69]

천문을 펼치고 인간 이치를 밝히니

귀신이 행하고 변화가 이루어지네

어짊을 간직하고 아득함에 섞여

만고 세월을 지냄이 하루 같도다.

이에 술을 마시고 즐거워하였다. 왕이 최생에게 물었다.

"돌아가고 싶은가?"

"하루살이처럼 하찮은 자질로 먼지 더미에 사는 우매한 인간이 삼생
三生의 바람으로 기이한 만남을 이루었습니다. 채찍을 잡고 신발을 지
키는 소임이라도 사양하지 않을 것이요 돌아가기를 원하지 않습니다."

골짜기 신선이 빙그레 웃으며 말하였다.

"훌륭하구려. 그대의 말이."

그러고는 소맷자락을 뒤적여 약 한 알을 꺼내어 주었다.

"10년을 더 살 수 있을
게요. 10년이 지나면 우리와 봉래섬에서 만날
것이고. 그대는 세상에 돌아가면 노력하여서 경솔히 알리지 마시오."

최생이 두 번 절하고 말하였다.

"명을 어기지 않겠습니다."

그러고는 청을 하였다.

"제가 세상에 있을 때 유학 공부가 이루어지지 않아서 그만두고 산
수를 좋아하였습니다. 그리고 도를 얻겠다고 함부로 뜻을 두고 불교를
공부하는 증공과 사귀었습니다. 그와 약속하기를 삶과 죽음을 같이하
고 배반하지 말자고 하였습니다. 이제 하루아침에 배반하는 것은 좋지
않습니다. 도규[70] 하나를 얻어서 맹세를 저버리지 말도록 해주시기 바
랍니다."

세 신선이 서로 보며 웃었다.

"대단히 미더운 선비로군."

골짜기 신선이 말하였다.

"그대는 신선이 됨을 구할 수 있다고 여기는가? 사람들 모두 요임금과
순임금은 될 수 있으나 신선이 될 수는 없소. 진시황이 서복[71]을 보내고,
한 무제가 안기생 무리를 찾고자 했소.[72] 진시황과 한 무제 같은 영웅이
요임금과 순임금이 될 것은 배우지 않고 얻을 수 없는 신선을 구하려 했
으니, 그저 천하만 번거롭게 하고 만세에 웃음거리만 된 거요. '폭정[73]'
과 '우철[74]'이라고 시호를 써도 괜찮을 지경이라오. 세상에서 신선 인연
이 없는데 선약을 복용하는 것은 그저 목숨만 재촉시킬 뿐이라오."

최생이 사례하며 말하였다.

"속세의 유자가 어찌 이를 알겠습니까?"

왕이 말하였다.

"머무를 수 없으니 돌려보내야겠지요."

최생에게 두루 인사를 하고 나가게 하였다. 최생이 문을 나서자 검은 학 한 쌍이 춤추며 그를 맞았다. 옆에 있던 이가 최생에게 말하였다.

"여기를 잡고 눈을 잠깐 감고 있으면 도착할 겁니다."

최생은 그 말대로 하였다. 시간이 지나 학이 땅에 닿은 것 같아서 눈을 떠 보니 사찰의 정원이었다.

"나는 이 일이 하루 걸렸다고 생각하는데 벌써 몇 개월 지났다니? 안타까운 것은 선사와 같이 무지개 말과 구름 수레를 타고 십주삼도[75]를 노닐지 못한다는 것이오."

그 뒤 최생은 산으로 들어가 약초를 캐었는데, 이후 어찌 되었는지 알 수 없다. 증공은 무주암에 늙도록 거처하며 이 일을 자주 이야기하였다고 한다.

1) 진주부(眞珠府) | '삼척' 의 옛 이름.

2) 두타(頭陀) | '번뇌의 티끌을 떨어 없애 청정하게 불도를 닦는 일' 또는 '산과 들로 다니면서 온갖 괴로움을 무릅쓰고 불도를 닦는 일' 을 가리킴.

3) 학소동(鶴巢洞) | '학의 둥지가 있는 골짜기' 라는 뜻.

4) 용추동(龍湫洞) | '용의 못이 있는 골짜기' 라는 뜻.

5) 진경(眞境) | 신선이 사는 곳.

6) 임영(臨瀛) | '강릉' 의 옛 이름.

7) 우활(迂闊) | 일의 실정에 어두움.

8) 증공(證空) | '공(空)을 깨닫다.' 는 뜻의 스님 이름.

9) 무주암(無住菴) | '머무름이 없다.' 는 뜻의 암자 이름.

10) 청낭비결(靑囊秘訣) | 천문, 점술, 의술에 관한 방법이나 서적.

11) 백혼무인(伯昏无人) | 『장자』 「전자방(田子方)」에 나오는 인물. 열어구(列禦寇)가 백혼무인에게 활쏘기를 자랑하자 백혼무인이 열어구에게 위태로운 바위를 딛고서도 쏠 수 있냐고 묻고는 그를 데리고 높은 산에 올라갔다. 백혼무인이 위태로운 바위를 디디고 깊은 연못에 임하여 서서 열어구에게 오라고 하자 열어구는 땅에 엎드려 땀만 흘렸다.

12) 화상(和尙) | 수계자(受戒者)를 위하여 사표가 되는 승려.

13) 만화문(萬化門) | '만물의 조화' 라는 뜻의 문.

14) 청령각(淸泠閣) | '맑고 시원하다.' 는 뜻의 누각.

15) 양계(陽界) | 음계(陰界)인 지하세계와 대비되는 말.

16) 알자(謁者) | 손님을 주인에게 인도하는 사람.

17) 조종전(朝宗殿) | '제후가 천자를 알현하는 곳' 이라는 뜻의 전각.

18) 편문(便門) | 드나들기 편한 곳에 낸 문.

19) 여전자(臚傳者) | 윗사람의 말을 아랫사람에게 전하는 이.

20) 능허관(凌虛冠) | '허공을 난다.' 는 뜻의 관.

21) 통천대(通天帶) | '하늘에 통한다.' 는 뜻의 허리띠.

22) 홀(笏) | 관리가 임금을 뵐 때 손에 쥐는 물건.

23) 문명가(文命歌) | '문명' 은 하(夏)나라 우(禹)임금의 이름.

24) 낙서(洛書) | 낙수(洛水)의 무늬. 우임금이 홍수를 다스렸을 때 낙수에서 나온 거북이 등에 쓰여 있던 무늬. 홍범(洪範)의 원본이 됨.

25) 무성무(武成舞) | 무공을 이룬 춤이라는 뜻. 『서경』에 주 무왕이 은(殷)을 정벌한 일을 담은 「무성(武成)」이 있음.

26) "노(魯)나라~않겠습니까?' | 공자가 노나라 정공(定公)을 도와 정치를 하다가, 제나라가 보낸 여악(女樂)을 계환자(季桓子)가 받아들이자 노나라를 떠났다.

27) 과인(寡人) | 임금이 자신을 지칭하는 겸칭.

28) 유자(儒者) | 유학을 공부하는 사람.

29) 「용궁회진시(龍宮會眞詩)」 | '용궁에서 신선을 만났다.' 는 뜻의 시.

30) 운손(雲孫) | 8대 이후의 후손.

31) 원파(遠派) | 먼 친척.

32) 괘를 그어 복희를 우러르고 | 복희(伏羲) 때 황하에서 나온 용마(龍馬)의 등에 나타난 무늬인 하도(河圖)가 주역의 원리가 됨.

33) 황제(黃帝) | 중국의 신화 속 제왕. 문자, 의약(醫藥), 율려(律呂) 등을 가르쳤다고 함.

34) 9년의 홍수는 요임금이요 | 요임금 때 홍수가 나서 곤(鯀)에게 다스리라고 하였는데 9년이 되도록 이루지 못하였다. 이후 순임금이 우(禹)에게 홍수를 다스리게 하였다.

35) 7년의 가뭄은 탕임금이니 | 상(商)나라 탕(湯)임금 때에 7년 동안 가뭄이 들어서 낙수(雒水)가 말라서 바닥이 갈라지고 모래와 돌들이 불에 달군 듯 뜨거워졌다. 이에 탕임금이 세 발 달린 솥을 가져다가 산천에 빌기를, '정치에 절약함이 없기 때문입니까? 백성을 쉴 새 없이 부려서 그렇습니까? (생략) 라고 하자, 말이 끝나기도 전에 큰비가 내렸다. 『설원(說苑)』「군도(君道)」.

36) 양덕(陽德) | 만물을 생성하는 하늘의 덕.

37) 패옥(佩玉) | 허리춤에 늘이어 차는 옥. 맑은 인품을 상징하여 남성들도 지니고 다녔다.

38) 요지(瑤池) | 서왕모(西王母)가 사는 곳.

39) 단구(丹丘) | 신선이 사는 곳.

40) 유왕(幽王)과 여왕(厲王) | 주(周)나라의 폭군들.

41) 목청(穆淸) | 하늘. 청화한 덕.

42) 영위(令威) | 정령위(丁令威). 전설상의 인물. 한(漢)나라 요동 사람. 영허산(靈虛山)에서 도를 배워 신선이 되었다. 후에 학이 되어 돌아와 성문 화표주(華表柱) 위에 앉았는데 소년이 활을 쏘려 하자 날아가면서 시를 읊었다. "새야 새야 정령위야, 집 떠난 지 천 년 만에 돌아오니, 성곽은 그대로인데 사람은 아니네, 어찌 신선을 배우지 않고 무덤만 즐비한가"

43) 운명이~끝 | 천 년을 이어 온 신라의 말기를 가리킨다.

44) 관하(關河) | 전쟁터가 되는 요충지.

45) 격문(檄文) | 적군을 달래거나 꾸짖기 위한 글.

46) 낙신(洛神) | 낙수(洛水)의 신.

47) 학동(鶴洞) | 학이 있는 골짜기.

48) 단약(丹藥) | 신선이 만드는 장생불사(長生不死)의 약.

49) 영교(嶺嶠) | 산봉우리.

50) 삼생에 서직을 슬퍼하여 | 삼생(三生)은 전생(前生), 현생(現生), 내생(來生). 서직(黍稷)을 슬퍼함은 나라의 쇠망함을 슬퍼한다는 뜻으로 『시경』「서리(黍離)」가 관련된다.

51) 영랑(永郎) | 신라 효소왕(孝昭王) 때의 화랑. 술랑(述郎), 남랑(南郎), 안상(安詳)과 함께 사선(四仙)으로 일컬어짐.

52) 혼륜(混淪) | 혼돈. 또는 물이 굽이굽이 흐르는 모양.

53) 무무(武舞) | 무사의 춤.

54) 문가(文歌) | 문인의 노래.

55) 타고(鼉鼓) | 악어의 가죽으로 메운 북. 또는 악어 울음 소리.

56) 금자는 문륜을 비웃네 | 금자(琴子)는 거문고 자체를 가리키는 듯하고, 문륜(文綸)은 『장자(莊子)』「제물론(齊物論)」에 나오는, 거문고를 잘 타는 소문(昭文)의 솜씨를 가리킴. 소문의 아들이 소문의 거문고 솜씨를 잇는 데 그치고 끝내 몸소 이룬 바가 없다고 함.

57) 진(晋) | 왕자교(王子喬)의 이름. 주나라 영왕(靈王)의 태자. 직간(直諫)하다가 폐하여 서인이 되

었고, 생황을 불며 학을 타고 구름 속으로 사라졌다.

58) 석장 짚은 진인과 같네 | 석장(錫杖)은 승려가 짚는 지팡이. 진인(眞人)은 진리를 깨달은 이.

59) 주머니 속 비결[囊中訣] | 청낭비결(靑囊秘訣). 천문, 점술, 의술에 관한 방법이나 서적.

60) 석상진(席上珍) | 유자(儒者)의 학덕을 비유하는 말. 또는 성인의 아름다운 도리.

61) 무궁화의 아름다움을 노래한 시로는 『시경』의 「유녀동거(有女同車)」, 이백(李白)의 「영근(咏槿)」 등이 있다.

62) 진경(眞境) | 신선 세계.

63) 편지요 잉어로다 | 잉어가 편지를 전했다고 함.

64) 옥경(玉京) | 옥황상제가 있는 하늘의 서울.

65) 남생(南生)이~써서 | 남씨 성을 가진 이가 단사(丹砂) 즉 수은과 유황의 혼합물을 복용하면 신선이 된다고 전하는 것에 대해 기록하였다는 의미.

66) 용호(龍虎) | 도교에서 물과 불을 가리킴. 물은 정(精)에 해당하고 불은 기(氣)에 해당함.

67) 게송(偈頌) | 부처의 공덕이나 가르침을 찬탄하는 노래. 여기서는 진리를 담은 짧은 글귀를 말하는 듯함.

68) 무극(無極) | 우주의 본체를 정적인 견지에서 일컫는 것.

69) 우임금에게 구주를 나열하라 했네 | 하(夏)나라 우(禹)임금이 중국을 구주(九州)로 나눔.

70) 도규(刀圭) | 약을 뜨는 숟가락. 여기서는 선약(仙藥)을 가리킨다.

71) 서복(徐福) | 일명 '서불(徐市)'. 진시황(秦始皇)의 명을 받들어 동남(童男)·동녀(童女) 각 삼천 명을 거느리고 장생불사의 약을 찾아 배를 타고 가서는 돌아오지 않은 인물이다.

72) 한 무제가~했소. | 한 무제가 방사(方士) 이소군(李少君)의 말을 따라 사신을 보내 봉래섬에 사는 신선 안기생(安期生) 무리를 찾으라고 하였다.

73) 폭정(暴政) | 포악한 정이란 뜻으로 여기서 정(政)은 진시황의 이름이다.

74) 우철(愚徹) | 우둔한 철이란 뜻으로 여기서 철(徹)은 한 무제의 이름이다.

75) 십주삼도(十洲三島) | 신선이 사는 여러 섬.

하생기우뎐何生奇遇傳

하생의 기이한 만남 이야기

고려시대에 하씨 성을 지닌 이가 평원[1]에 살았다. 집안이 한미하고 어버이를 일찍 여의어서 결혼하려고 하였으나 배우자가 없었다. 가난하였으나 풍모는 빼어나고 재기가 영특하여 마을에서 칭찬하는 이들이 많았다. 고을 원님이 그 명성을 듣고 선발하여 태학[2]에 입학시켰다. 하생은 서울로 가려고 짐을 꾸려서는 떠나면서, 노비들에게 말하였다.

"나는 위로 부모님도 안 계시고 아래로 처자식도 없다. 무엇 때문에 너희에게 잔소리를 하겠느냐? 옛적 종군[3]은 신표를 버렸고 사마상여[4]는 기둥에 글을 남겼으니, 스무 살에 큰 뜻을 품은 것이다. 내 비록 둔하지만 그 두 사람을 부러워하나니, 훗날 금의환향하여 너희에게 영광이 되도록 하겠다. 집을 잘 지키고 있도록 하여라."

태학에 가서는 생도들과 학업을 겨루니 그보다 앞서는 이가 없었다. 하생은 장원을 하여 고위관직에 오를 수 있을 것이라 여기고, 세상에 우뚝 서고자 하였다.

당시 조정은 어지러워서 인재 선발이 공정하지 않았다. 이럭저럭 4, 5년이 흐르는 가운데 억울해하며 항상 울적해하였다.

하루는 태학에서 같은 방 쓰는 이에게 말하였다.

"채택이 모르는 것은 수명이었는데 당생에게 가서 해결하였지.⁵⁾ 내 들으니 낙타교 아래에 점쟁이가 있어서 사람들의 수명과 화복을 말하는데 날짜까지 맞춘대. 가서 점을 쳐 봐야겠어."

그러고는 집으로 가서 상자 안에 숨겨두었던 금전 몇 개를 집어 품에 넣고 갔다. 점쟁이가 말하였다.

"부귀는 당신이 타고 났소. 다만 오늘은 매우 불길하니, 명이가 가인⁶⁾으로 변하는 점괘라오. 명이는 밝음이 땅속으로 들어가는 형상이요, 가인은 정숙한 유인을 만남이 이로운 형상이지요. 서울 남문으로 빨리 뛰어나가서 날이 어두워지기 전에는 집으로 돌아가지 마시오. 그래야만 위험을 넘길 뿐 아니라 배우자도 얻을 것이오."

하생은 의심이 없지 않았지만 놀라서 일어나 인사하고 서울 남문으로 나갔다. 가을 산이 아름다워서 내키는 대로 거닐었다. 어느덧 날이 저물어 사방에 인적이 끊어졌는데 잠잘 곳이 보이지 않았다. 배고픔과 피곤이 몰려와서 길옆에서 배회하였다. 때는 9월 18일이다. 산 위의 달은 아직 나오지 않아 어두웠다. 멀리 나무 사이로 등불 하나가 깜박

거렸다. 인가가 있는 것 같아서 길을 찾아 나아갔다. 찬 연기는 우거진 풀에 어리고 이슬이 많이 맺혔다. 도착하니 달이 밝았다. 작고 고운 집이 하나 있는데 채색한 대청이 담장 밖으로 높이 솟아 있었다. 깁 바른 창 안에 촛불 그림자가 어른거리고 바깥문은 반쯤 열렸는데 인적은 전혀 없었다. 하생은 이상하여 살며시 들어가 살펴보았다. 어떤 미인이 열여섯 살쯤 돼 보이는데 베개에 기대어 비단이불을 반쯤 덮고 있었다. 근심어린 얼굴은 아름다워서 제대로 바라볼 수 없을 정도였다. 여인은 턱을 기대어 한숨을 쉬며 절구 2수를 조용히 읊었다.

흩어지는 연기 닫힌 방안에서
괜한 근심에 그저 원앙을 수놓네
기러기 서신 끊어진 가을 하늘에
지는 달은 높이 솟아 집을 비추네
먼지 낀 화장대 거울엔 녹이 슬고
꿈에 만난 낭군 깨어 보니 없어라
휘장 친 밤에 서리 소식 일러라
늙은 홰나무 잎 진 버들 달이 비추네.

시의 뜻을 보니 국경에 근무 나간 남편을 기다리는 아내 같은데, 용모와 행동은 귀한 집 처자 같았다. 지키는 사람이 있을까 겁이 나서 조심스

레 물러났다. 그러다 발소리를 내고 말았다. 미인이 시녀를 불렀다.

"금환아! 옥환아! 창밖에 발소리가 나니 누가 온 것이냐?"

시녀들이 함께 달려와서 말하였다.

"우리 둘이 툇마루에서 깜빡 잠이 들었습니다. 창밖에 달이 밝았는데 누가 오겠습니까?"

여인이 작은 소리로 말하였다.

"어젯밤에 좋은 꿈을 꾸었다고 내가 너희에게 말하였잖아. 훌륭한 선비가 오지 않을까?"

그러고는 서로 희희닥거렸다. 하생은 멍하니 그 말을 듣고 또 점쟁이의 말을 생각하고는 기뻐하였다. 드디어 문을 두드리고 기침 소리를 내었다. 즉시 두 시녀가 문을 열고 말하였다.

"산속 집에 밤이 깊은데 손님은 누구십니까?"

"나는 봄을 만끽하며 술이나 물을 찾는 이가 아닙니다. 혼자 다니다가 길을 잃었으니 하룻밤 묵기를 바랍니다."

시녀가 혀를 차며 말하였다.

"이곳은 작은아씨가 홀로 거처하오니 손님이 묵으실 데가 아닙니다."

그러고는 문을 닫고 들어가 버렸다. 하생은 어찌할 바를 모르고 문에 기대어 머뭇거릴 뿐이었다. 밤이 오래되자 문득 자물쇠가 열리더니 다시 시녀가 문을 열고 말하였다.

"아씨께서 손님이 정녕 보통 사람이 아니고, 산에 짐승이 많은데 사방에 인가가 없어 찾아오신 것을 거절함은 좋지 않다고 하십니다. 행랑채에 묵도록 허락하셨으니 들어가 주무시도록 하십시오."

백사

하생은 감사하다고 하고 방으로 들어갔다. 깔끔한 방안에 이부자리는 깨끗하였다. 금실로 장식한 책상이 있고 옥벼루와 붓과 예쁜 종이들이 놓여 있었다. 그 옆에는 은 항아리에 난초 기름이 타고 화려한 향로에 향이 피어올라 환하고 향기로웠다. 음식을 가져다주는데, 모두 정결하였다. 시녀가 잠시 후 아씨의 명이라며 와서 물었다.

"인적 드문 외진 곳에 손님은 어떻게 오셨습니까?"

하생은 방안에 다른 이가 없음을 짐작하고 여인의 뜻을 알고 싶어서 대답하였다.

"저는 일찍이 재주를 자부하고 태학에 입학하였습니다. 항상 골짜기 새의 노래[7]를 부르며 진량[8]의 배움을 더럽게 여겼답니다. 고위직을 얻어 업적을 이루겠다고 혼자 자부했지요. 부귀는 운명이요 길흉은 사람에게 달렸다는 것을 알지 못했습니다. 오늘은 우연히 점쟁이의 말을 듣고 여기로 오게 되었습니다."

그러고는 아울러 점쟁이의 말을 전달하였다. 시녀가 그 말을 듣고 가더니, 웃으며 돌아와 전하였다.

"저도 점쟁이의 말을 믿고 화를 피하여 왔습니다. 이는 우연이 아니군요. 방은 누추하지만 잘 묵으시기 바랍니다."

하생은 더욱 그 말이 이상하여 견딜 수가 없었다. 즉시 책상 위 예쁜 종이에 짧은 시 두 편을 적어서 시녀에게 부탁하였다.

"이미 방을 빌려 주시고 이처럼 친절히 대하시니 감사함을 말로 다 하기 어렵군요."

시는 다음과 같다.

맑은 은하수 반쯤 기울었는데
주렴을 겹으로 치고 병풍 둘렀네
직녀의 베틀 옆 지남을 꺼려 마라
군평이 객성 알아봄이 괴이하도다.[9]

향은 끊이지 않고 구름이 흩어지는데
옥 같은 절개 아득하여 중매할 수 없네
애끊는 밤 외로운 잠자리의 꿈에
양대[10]에 갈 길이 없어 안타까워라.

시녀가 시를 가져가서는 얼마 되지 않아 다시 예쁜 종이를 가져와서 하생 앞에 드렸다. 주인 아씨가 답시를 적은 것이었다.

어젯밤 게을리 원앙 베개에 기대어
꿈에 꽃을 꺾어 머리에 꽂았더라
시녀에게 마음속 일을 말하고서
화장거울을 보고 싶으나 부끄러워라.

달이 비치길 기다려 문도 안 닫고
새장 속 앵무새 막 잠이 드는 때
마음 스치며 지는 낙엽은 옥소리
무정한 듯하다가 다시 유정하여라.

백육

하생은 시를 보고서 여인의 마음을 알았으나 반신반의하였다. 여인의 방이 가깝고 잠그지 않았으며 시녀가 모두 잠든 것을 보고는 처음엔 머뭇거렸으나 드디어 나아갔다. 살며시 손으로 창을 열었다. 여인은 근심스레 앉아서 누군가를 기다리는 듯했다. 하생은 나아가서 웃으며 말하였다.

"이보[11]에 이르길, '문간 빌려 자던 손님, 밤 깊자 방을 빌리네. 주인은 오리를 때리지 마라. 그 소리에 원앙이 놀라리니.' 라고 한 말을 듣지 못하였습니까?"

여인은 머리를 숙이고 부끄러워하였다.

"인연은 이미 이루어졌으니 피할 수 없습니다."

등잔은 병풍을 등지고 꺼질 듯 말 듯 하였다. 여인은 잠자리에 나아가며 하생에게 말하였다.

"저는 위소주[12]의 시를 좋아합니다. '임이 잠들려 하는데, 허리띠 풀어 껴안네.' 라는 구절이 있지요. 오늘 밤에야 그 뜻을 알겠습니다."

둘은 즐거워하며 사랑을 극진히 나누었다. 밤이 새려 하자, 여인은 하생의 팔을 베고 흐느끼며 눈물을 떨어뜨렸다. 하생이 놀라서 말하였다.

"좋은 만남을 이루자마자 느닷없이 이러는 것은 무슨 까닭이오?"

"여기는 인간세상이 아니랍니다. 저는 시중[13] 아무개의 딸이에요. 죽어서 여기에 묻힌 지 이미 삼 일이 되었습니다. 아버지께서 오래 요직에 거하시면서 사람들에게 해를 입힌 것이 많았습니다. 처음엔 아들 다섯과 딸 하나를 두었는데 다섯 오빠들은 모두 요절하고 저만 홀로 남았다가 이제 또 이렇게 되었습니다. 어제 옥황상제께서 저를 부르시

더니 말씀하시기를, '네 아비가 큰 옥사를 다스려 죄 없는 수십 명을 구하였으니 이전에 사람 해친 죄를 용서할 만하다. 다섯 아들은 죽은 지 오래되었으니 어쩔 수 없고 너를 돌려보내겠다.' 고 하셨어요. 저는 절을 하고 물러났지요. 기한은 새벽까지인데 놓치면 다시 소생할 가망이 없답니다. 이제 낭군을 만났으니 이 또한 운명입니다. 영원히 인연을 맺어 받들고자 하는데 허락하실지 모르겠습니다."

하생도 울며 말하였다.

"진정 당신 말대로라면 목숨을 걸고 그렇게 하겠소."

여인은 이에 베개맡에서 금으로 된 자를 꺼내어 주며 말하였다.

"낭군께서 이것을 가져가서 서울의 시장에 있는 큰 절 앞의 하마석[14] 위에 놓아두면 반드시 알아보는 이가 있을 겁니다. 곤욕을 당하더라도 잊지 마시기 바랍니다."

"알겠소."

여인은 하생에게 일어나도록 재촉하고는 손을 잡고 이별하며 즉석에서 시 한 수를 읊어 전송하였다.

산꽃이 갓 지고 새는 지저귀더니
봄소식은 어둠 속에도 돌아왔네
생사를 의탁하여 의리가 중하니
어서 금자를 갖고 세상에 가시지요.

하생도 시 한 수를 읊어 이별하고 여인의 뜻을 따르기로 다짐하였다.

꽃은 휘장에 숨고 구름은 푸른데

노니는 벌에게 찾아듦을 허락하네

소매 안의 뚜렷한 금자를 가지고

인정의 깊이를 헤아려 보려 하네.

여인은 울음을 그치고 말하였다.

"저는 창녀가 아닌데 어찌 이리 박대하십니까? 잘 보살펴 가시거나
하고 변심할까 걱정하지는 마십시오."

하생이 문을 몇 걸음 나서서 되돌아보자 새로 된 무덤 하나가 있었
다. 하생은 슬피 눈물을 닦으며 돌아왔다. 큰 절 앞에 이르니 과연 네
모진 하마석이 있었다. 금자를 내어 돌 위에 두었는데, 행인들은 관심
을 갖지 않았다. 날이 정오가 되어 여자 셋이 소복을 입은 채 시장에
나왔다. 뒤에 선 한 여자가 금자를 보고는 돌 주위를 세 번 돌고서 지
나갔다. 잠시 후 여자는 건장한 노비 몇 명을 데리고 와서는 하생을 묶
게 하고 말하였다.

"이것은 작은아씨 무덤에 넣어 둔 것이다. 네가 무덤에서 훔친 게지?"

하생은 여인의 부탁을 중히 여기고 애정도 깊었기에 고개를 숙이고
모욕을 당하면서 입을 열지 않았다. 구경꾼들이 모두 침을 뱉으며 더
럽게 여겼다. 집에 도착하자 하생을 계단 아래로 데려갔다. 시중이 검
은 책상에 기대어 대청에 앉았는데 뒤로는 주렴이 드리워 있었다. 아
래에는 시비[15] 몇십 명이 서로 보려고 밀치며 말하였다.

"모습은 선비 같은데 행실은 도둑이구나."

시중이 금자를 보고는 알아보았다.

"과연 우리 딸 무덤에 넣었던 금자로구나."

주렴 안에서 흐느끼는 소리가 들리고 시비들은 모두 얼굴을 가리며 울었다. 시중은 손을 저어 그치라 하고 물었다.

"너는 누구냐? 어디서 얻었느냐?"

하생이 답하였다.

"저는 태학의 학생입니다. 무덤 안에서 얻었습니다."

"너는 시와 예를 공부한다면서 무덤을 파헤치는 것이 옳으냐?"

하생이 웃으며 말하였다.

"포박을 풀어 주시고 어르신께 가까이 갈 수 있게 해주십시오. 좋은 소식을 전하려 합니다. 대인께서는 보답할 생각을 하셔야지 도리어 화를 내십니까?"

시중이 명하여 포박을 풀게 하고 계단을 오르라고 하였다. 하생은 드디어 차근차근 이야기하였다. 시중은 부끄러움을 띠더니 한참 후에 말하였다.

"어떻게 이런 일이 있단 말인가?"

하인들이 서로 쳐다보며 감탄하지 않는 이가 없었다. 주렴 안에서 흐느끼며 말하였다.

"일이 헤아리기 어려우니 확인해 보고 죄를 줘도 늦지 않을 것입니다. 서생의 말을 들은 즉 우리 딸의 모습과 의복이 평상시와 똑같아서 의심이 없습니다."

시중이 말하였다.

"그렇구려. 즉시 삼태기와 삽을 준비하고 가마를 대령하여라. 내 친히 가 봐야겠다."

노비 몇 명을 남겨서 하생을 지키게 하고는 떠나갔다. 무덤에 도착해 보니 무덤은 변함이 없었다. 이상하게 여기며 파헤쳐 보았다. 딸의 얼굴빛이 살아 있는 듯하고 가슴엔 약한 온기가 있었다. 유모에게 명하여 안아서 가마에 태워 돌아왔다. 무당이나 의사에게 보일 겨를이 없이 동요하지 않게 할 뿐이었다. 저물녘이 되자 딸이 소생하여 부모를 보고는 조그맣게 흐느껴 울었다. 기운이 진정되자 부모가 물었다.

"네가 죽은 뒤 무슨 일이 있었느냐?"

"저는 꿈이라 생각했는데 죽었었나요? 별다른 일은 없었어요."

그러면서 수줍어하였다. 부모가 군이 묻자 여인은 비로소 말을 하는데 하생이 한 말과 똑같았다. 온 집안이 놀라지 않을 수 없었다. 이제 집에서는 하생을 매우 후대하였다. 며칠 뒤 여인은 평상을 회복하였다. 시중은 성대한 잔치를 열어 하생을 위로하고는 집안과 결혼 여부를 물었다. 하생은 결혼하지 않았다고 하고, 아버지는 평원 교생[16]으로서 돌아가신 지 오래되었다고 하였다. 시중이 고개를 끄덕이고는 안에 들어가서 부인과 의논하였다.

"하생의 용모와 재기는 보통이 아니니 결혼시킬 만한데, 집안이 맞지 않구려. 일이 또한 황당하니 이 때문에 결혼한다면 주위에서 이상하게 여길까 걱정이오. 잘 대해 주고 보내야겠소."

"대인께서 알아서 하세요. 아녀자가 어찌 간섭하겠습니까?"

하루는 잔치를 열어 하생을 위로하고 원하는 것을 물었다. 결혼에 대

한 말은 한마디도 없었다. 하생은 기분이 나빴다. 방으로 돌아와
서는 가슴을 치고 속상해하며 여인의 변심을 원망하였다. 그는
짧은 시를 지어 작은 종이에 적었다. 유모에게 부탁하여 여인에
게 전하게 하였다.

옥은 진흙이 묻어도 더럽지 않고
봉황이 돌아가니 난새를 돌아보라[7]
팔뚝 위 눈물자국 지워지지 않는데
도리어 이제는 꿈속에서나 보겠구나.

여인은 시를 보고 놀라서 물었다. 그제야 부모님께서 하생을
배반할 뜻이 있음을 알았다. 여인은 병이 있다고 하고 음식을 끊
었다. 부모는 딸의 마음을 내심 알면서 왜 병이
났냐고 물었다. 여인은 울면서 말하였다.
"부모를 멀리함도 불효이고 작은 잘못
을 말하지 않음도 불효입니다. 감히 멀리할
수는 없으므로 작은 잘못을 말씀드리
려 합니다."
"말할 게 있으면 말하여라. 뭐를
꺼린단 말이냐?"
여인은 비녀를 빼고 일
어나서 절을 한 다음 대죄[18]

하며 말하였다.

아버지 나를 낳으시고 어머니 나를 기르셨네
막내딸에 대한 사랑으로 애지중지 이뻐하셨네
집안의 여자로서 음식을 제대로 준비하였고
저녁 문안 아침 식사에 거의 부족함이 없었네
옥황상제의 노여움으로 악한 집을 벌하시니
망극한 은혜가 도리어 근심을 끼치게 되었네
아들 다섯 명은 완연히 죽어서 사라져 버리니
슬프다, 무고한 우리들 무덤은 가시밭이 되네
하늘은 명철하시니 덕을 닦음을 아서서
한 가지 선한 일로 복을 내려 딸을 내려 주네
환생에는 길이 있어서 황천에서 일어나도다
밤중에 깨어나 가슴을 치며 원망하는 긴 밤
달이 떠서 밝으니 찬란한 임을 만나도다

정 깊은 한 번의 맹세로 생사를 약속하니

담과 지붕을 뚫어서[19] 죽은 이를 살렸네

황천에는 사이가 없으나 큰 통로가 있네[20]

무르녹고 황홀하여 즐거움이 크도다

나무를 꺾지 않았고 이슬을 적시지[21] 않았네

무엇으로 덕을 갚으리, 이에 사랑하게 되었네

아버지이시여 어머니이시여, 지금 이후로는

많은 복을 구하시고 후손들을 편하게 하소서

어찌 운명을 어기랴, 타인을 생각지 않으시네

기럭기럭 우는 기러기는 아침에 울어야 하고

활짝 핀 복숭아꽃은 길일을 잃지 말아야 하네

거듭 만나게 되었으니 나의 바람이요 결심이라

백주[22]의 노래는 배반함이 없을 것을 맹세하네

일찍이 이럴 줄 알았다면 살아나지 않았으련만

공강의 혼이 있다면 그와 함께 동행하겠네.

시중은 눈물을 흘리며 허허 탄식하였다.

"나의 불충과 매정함이 너를 이 지경으로 만들었구나. 후회한들 소용이 있겠느냐? 붉은 끈으로 발을 묶음[23]은 정해진 운명이 있으니 네 말대로 하겠다."

어머니도 위로의 말을 하였다. 여인은 그제야 일어나서 화장을 하고 유모를 불러 하생에게 답시를 전하게 하였다.

백십육

두꺼비가 달을 토하여 밝음이 가득한데

복숭아꽃 자두꽃의 봄을 나비가 알았더라

돌 위에 맺힌 원한에 노래가 이어지나

옥황상제는 이승의 기약을 정하셨도다.

시중이 시를 듣고는 말하였다.

"이 일은 늦출 수가 없구나."

즉시 하생을 불러 결혼시킬 뜻을 전하였다.

"폐백은 우리가 모두 마련함세."

드디어 하생을 집으로 돌려보내고, 날을 택하여 예의를 갖추어 맞아들였다.

하생은 여인과 다시 만나게 되었다. 비단 휘장에 붉은 촛불을 켜고 완연히 마주 앉으니 생시인지 꿈인지 구별할 수 없었다. 하생이 말하였다.

"신혼이 대단히 아름다운데 오래된 부부야 어떠하겠소?[24] 내, 당신과 새로 즐겁고 옛 정의가 있으니 평범하지 않구려. 부부 아닌 이가 없지마는 누가 우리와 같겠소?"

"불교에 삼생이라는 말이 있으니, 과거와 미래와 현재랍니다. 과거에 이미 낭군과 부부가 되었고 이제 또 낭군과 부부가 되었습니다. 앞으로 어찌 될 것인지만 모르는 거죠. 삼생의 인연이 옛적에도 있었을까요?"

이후로 부부는 존경하고 사랑하여, 양홍의 맹광[25]이나 극결의 아내[26]

와도 비교할 수 없을 정도였다. 다음해 하생은 장원에 급제하여 보문각[27]에 벼슬하였고 후에 상서령[28]에 이르렀다. 여인과 부부가 된 지 40여 년에 두 아들을 두었다. 장남은 '적선[29]'이요 차남은 '여경[30]'이라고 하였다. 모두 세상에 유명하게 되었다.

하생은 결혼하던 날, 점쟁이를 찾아가 보았으나 이미 자리를 옮겼다고 했다.

1) 평원(平原) | 강원도 원주.

2) 태학(太學) | 국자감(國子監)에서 벼슬아치의 자제들에게 경서 따위를 가르치던 분과.

3) 종군(終軍) | 한(漢)나라 때 사람. 제남(濟南)에서 관문을 걸어 들어갈 때 관리(關吏)가 신표를 주자, 돌아올 때는 걸어오지 않을 것이라며 신표를 버렸다.

4) 사마상여(司馬相如) | 기원전 179~117년. 한나라 때 대표적인 부(賦)의 작가. 처음 장안(長安)으로 가는 길에 성도(成都)의 승선교(升仙橋)를 지나면서 기둥에 쓰기를, "네 마리 말이 끄는 높은 수레를 타지 않고는 이 다리를 지나지 않으리라."고 하였다.

5) 채택이~해결하였지. | 채택(蔡澤)은 전국(戰國)시대 연(燕)나라 사람으로서, 여러 나라에 가서 유세하였으나 뜻을 얻지 못하였다. 그래서 관상쟁이 당거(唐擧)에게 가서 관상을 보았는데, 당거가 성인(聖人)의 상이라고 하였다. 당거가 놀리는 줄 알고, 채택이 말하기를, 부귀는 있는데 내가 모르는 것은 수명이라고 하자, 당거는 앞으로 43년은 살 것이라고 하였다.

6) 명이(明夷)가 가인(家人) | 명이와 가인 둘 다 괘(卦) 이름.

7) 골짜기 새의 노래 | 『시경』 벌목(伐木)을 가리킴. "쩡쩡 나무를 찍으니, 새가 재잘거리네. 깊은 골짜기에서 나와, 높은 나무로 옮기누나."

8) 진량(陳良) | 초나라 사람으로서, 주공(周公)과 공자의 도를 좋아하여 공부하였다. 『맹자』에 나옴.

9) 군평이 객성 알아봄이 괴이하도다. | 군평(君平)은 엄준(嚴遵)의 자(字). 한나라 때 점술에 능했던 사람이다. 후한(後漢) 때 광무제(光武帝)가 옛적 친구인 엄광(嚴光)을 불러서 도를 논하다가 같이 잠이 들었는데, 엄광이 광무제 배 위에 다리를 올려 놓았다. 다음날 태사(太史)가 객성(客星)이 황제 자리를 범했다고 고하자 광무제가 웃으며 사실을 이야기 하였다. 태사가 엄준은 아닌데, 여기서는 연결시켜 놓았다.

10) 양대(陽臺) | 무산선녀(巫山仙女)가 초나라 회왕(懷王)을 만났다는 곳.

11) 이보(俚譜) | 당시 유행어를 기록한 책인 듯함.

12) 위소주(韋蘇州) | 위응물(韋應物). 737~791년. 당나라 때 시인. 소주(蘇州) 자사(刺史)를 역임하였다. 인용된 시는 「사그라드는 등잔불을 대하여[對殘燈]」.

13) 시중(侍中) | 종1품 벼슬.

14) 하마석(下馬石) | 말에 오르거나 내릴 때에 발돋움하기 위하여 놓은 큰 돌.

15) 시비(侍婢) | 시중을 드는 여자 하인.

16) 교생(校生) | 향교의 학생을 말한다.

17) 봉황이 돌아가니 난새를 돌아보랴 | 봉황은 여인을, 난새는 하생 자신을 가리킨다.

18) 대죄(待罪) | 처벌을 기다림.

19) 담과 지붕을 뚫어서 | 예의를 어긴 채 여인을 차지하려 함을 뜻함.

20) 황천에는~있네 | 춘추시대 정(鄭)나라 장공(莊公)이 어머니 강씨(姜氏)를 유폐시키고 황천에 가기 전까지는 보지 않겠다고 맹세하였다가 후회하였다. 이를 안 영고숙(潁考叔)이 땅을 깊이 파서 황천이 나오면 굴을 뚫어서 어머니를 보면 된다고 하여 모자간의 관계를 회복하게 하였다.

21) 나무를~적시지 | 예의에 어긋나게 남녀가 만남을 뜻함.

22) 백주(柏舟) | 『시경』의 노래. 위(衛)나라 세자 공백(共伯)의 처 공강(共姜)은 공백이 일찍 죽고 부모가 재가시키려고 하자, 이 시를 지어서 수절을 지키려는 자신의 마음을 나타내었다.

23) 붉은 끈으로 발을 묶음 | 남녀의 결혼을 가리킴.

24) 『시경』「동산(東山)」의 마지막 구절.

25) 양홍(梁鴻)의 맹광(孟光) | 맹광은 한(漢)나라 때 양홍의 아내로, 남편을 극진하게 공경하여 식사를 드릴 때 밥상을 자기 눈썹 높이만큼 올린 것으로 유명하다. 거안제미(擧案齊眉)가 여기서 유래했다.

26) 극결(郤缺)의 아내 | 극결은 춘추시대 진(晉)나라 사람으로, 그 아내와 서로 손님처럼 공경한 것으로 유명하다.

27) 보문각(寶文閣) | 경연(經筵)과 장서(藏書)를 맡은 관청.

28) 상서령(尙書令) | 모든 관리를 관할하는 상서성(尙書省)의 으뜸 벼슬. 종1품.

29) 적선(積善) | 선한 일을 쌓는다는 뜻.

30) 여경(餘慶) | 선한 일을 하면 경사가 후대에 미친다는 뜻.

옛 선비가 들려주는 기이한 이야기

글쓴이의 경험과 이야기

『기재기이』는 16세기 조선시대 신광한申光漢(1484~1555년)이 지은 이야기 모음집이다. 신광한은 문장과 학식이 뛰어난 신숙주의 손자이다. 어려서는 공부를 싫어하였으나 열다섯 살 때부터 결심하고 공부하여 학자가 되었다. 신광한의 호가 '기재企齋'인데 이는 '바라본다'는 뜻이다. 무엇을 바라보는가? 할아버지를 바라본다고 하였다. 할아버지 신숙주는 호를 '희현希賢' 즉 '현인을 바란다.'고 하였다. '기재'에는 할아버지에 대한 존경심과 자신도 현인을 되기를 바란다는 마음이 담긴 것이다. 신숙주는 절개를 지키지 못하였다고 비판받는 인물이지만 손자인 신광한은 할아버지를 존경한다고 했다. 한편 그는 1521년에 조광조의 일파로 몰려서 벼슬을 빼앗긴 경험도 있다. 개혁을 꿈꾸다가 부조리한 현실사회의 힘에 좌절한 경험을 『기재기이』에서 읽어낼 수 있는데 심각하게 드러내지는 않았다. 부귀를 누린 할아버지에 대한 생각과 현실을 바꾸고자 하는 마음이 신광한에게는 함께 있다. 그는 1538년에 복직되어서는 높은 벼슬을 역임하였다. 신광한의 호가 '기재'이므로 '기재기이企齋記異'는 '기재 신광한이 기이한 일들을 기록하다.'라는 뜻이 된다.

이본

『기재기이』는 작자 생전인 1553년에 교서관校書館에 근무하는 제자들에 의하여 목판본으로 간행되었다. 이 사실은 고려대학교 만송문고晩松文庫에 보관된 목판본의 발문에 기재되어 있다. 이 판본은 『기재기이 연구』(소재영, 고려대 민족문화연구소, 1990년)에 부록으로 영인되어 있다. 일본에는 필사본이 있는데 오류가 많다. 『기재기이』의 네 작품 가운데 「안빙몽유록」은 따로 한글로 번역되어 읽히기도 하였다.

네 편의 이야기 특징

『기재기이』에는 네 편의 이야기가 있다. 이들 이야기의 성격은 '전기傳奇'에 해당한다. '전기'란 기이한 일을 전한다는 뜻으로, 『기재기이』의 '기이'와 의미가 같다. 중국 당나라 때 성행했던 글쓰기 방식인데 우리에게도 영향을 끼쳐서 『수이전』과 『금오신화』 등의 작품이 나오게 되었다.

　『기재기이』의 네 편은 「안빙몽유록」, 「서재야회록」, 「최생우진기」, 「하생기우전」의 순서로 실려 있다.

「안빙몽유록」은 '안빙'이란 서생이 꿈속에서 노닐었다는 이야기다. '안빙'이란 이름 자체가 '편안히 기대다.'라는 뜻으로 꿈에 빠져드는 모습과 관련된 이름이다. '몽유록'이란 꿈에서 노닐었던 것을 기록한다는 뜻인데, 꿈을 빌어 자신의 생각을 펼치는 글쓰기 방식이다. 조선 후기에 「대관재몽유록」, 「강도몽유록」 등 일련의 작품들이 나왔다. 내용은, 꽃들과 역사적 사실을 연결시켜 한바탕 상상의 나래를 펼쳐 보인 것이다. 주제 의식을 찾아볼 수도 있겠으나 그보다는 조선시대 문인학자가 펼치는 상상의 폭과 결을 감상하는 데 좋은 작품이다. 작품의 맨 끄트머리에 물괴物怪라고 하여 더는 화원을 돌아보지 않았다고 하는 것은 변명이다. 유학자들은, 공자孔子가 그랬던 것처럼, 괴이한 것에 관심을 두어서는 안 된다고 생각했기 때문이다.

「서재야회록」은 서재에서 밤에 모였다는 이야기다. 문인들이 일상적으로 사용하는 문방사우를 의인화시켜서 그들의 입장을 토로하게 한 것이다. 붓이나 벼루 등은 도구이기 때문에 쓰다가 버리는 것이 당연한데 그들의 입장에서는 실컷 일해 주고 나서 버림받으니 억울하다는 것이다. 이를 통해 신의를 드러내고자 하는 의도도 보이는데 주제 의식보다는 일상적인 사물을 의인화해 자신의 글재주를 펼치는 것 자체에 주안점을 두었다. 사물을 의인화하여 됨됨이를 표현하는 양식인 가전假傳 기법이 사용되었다. 「안빙몽유록」이나 「서재야회록」은 자신의 지식을 마음껏 활용하여 글쓰기를 한 경우에 해당한다. 매 구절마다 작자가 알고 있는 지식을 바탕으로 하여 이야기를 펼쳐 나가고 있어 쉽게 읽기 어렵다. 배경 지식 없이도 이야기를 읽을 수는 있으나 그렇게 하면 충분히 이해하였다고 할 수 없다. 현학적인 작품이므로 천천히 의미를 새기며 읽어야 한다.

「최생우진기」는 세상일에 별 관심 없는 최씨 유생儒生이 신선 세계를 만났다는 이야기다. 신선 세계는 도교적 상상으로 펼쳐지며 『장자莊子』의 내용도 꽤 활용된다. 용궁 세계에 가서 신선들과 시를 주고받는다는 설정은 『금오신화』의 「용궁부연록」과 비교된다. 문인들은 자신의 재주를 마음껏 펼쳐 보이고 인정받고 싶은 욕망이 있어서 이런 작품들에서 간접적으로나마 펼쳐 보였던 것이다. 인간세계와는 단절되어 있다고 생각되는 신선 세계로 주인공이 어떻게 들어가게 되는지 그 부분에도 꽤 신경을 써서 묘사한 이야기다.

「하생기우전」은 재주 있는 하씨 유생이 집안이 한미한 탓에 번번이 과거에 낙방하다가 기이한 인연을 만나 부귀를 얻는다는 이야기다. 불우한 선비가 부귀한 집안의 딸이지만 기이한 운명을 지닌 여인과 만나 서로의 문제를 해결한다는 설정은 전기傳奇에 자주 등장한다. 『수이전』의 「최치원」, 『금오신화』의 「이생규장전」을 잇는 애정 전기에 해당한다. 여인은 하생의 도움을 받아 다시 살아났는데, 하생의 집안이 보잘것없다고 부모가 소홀히 하자 여인은 하생을 위해 부모를 설득한다. 여기서도 신의는 중요한 요소로 부각된다.

사실 네 편의 이야기에서 모두 신의가 이야기된다. 위에서 말하지 않은 두 편의 경우에도 신의가 이야기되고 있다. 신의는 『기재기이』에서 중요시되는 주제다. 우선은 재미있게 펼친 상상의 나래를 만끽하면서 주제 의식에 대해서 생각해 보는 게 좋겠다.